德能无量

李鸣生　著

中国出版集团
中 译 出 版 社

图书在版编目（CIP）数据

德能无量 / 李鸣生著． —北京：中译出版社，2017.5
ISBN 978-7-5001-5166-1

Ⅰ．①德… Ⅱ．①李… Ⅲ．①纪实文学－中国－当代
Ⅳ．① I25

中国版本图书馆 CIP 数据核字（2017）第 038617 号

出版发行 / 中译出版社
地　　址 / 北京市西城区车公庄大街甲 4 号物华大厦 6 层
电　　话 /（010）68359827；68359303（发行部）；68358224（编辑部）
传　　真 /（010）68357870
邮　　编 / 100044
电子邮箱 / book@ctph. com. cn
网　　址 / http :// www. ctph. com. cn

出 版 人 / 张高里
策划编辑 / 范　伟
责任编辑 / 范　伟　张　旭
装帧设计 / 甲乙堂营销策划有限公司
排　　版 / 北京竹页文化传媒有限公司

印　　刷 / 山东泰安新华印务有限责任公司
经　　销 / 新华书店

规　　格 / 880 毫米 ×1230 毫米　1/32
印　　张 / 9
字　　数 / 150 千字
版　　次 / 2017 年 5 月第 1 版
印　　次 / 2017 年 5 月第 1 次

ISBN 978-7-5001-5166-1　定价：35.00 元

- 人无德不立，业无德不兴，国无德不威。

——古　语

- 有道德始有国家，有道德始成世界。

——孙中山

- 德能，就是道德的能量和能力。

——欧阳焕文

目 录

第一章　温岭血案与深夜来电

1

2013 年 10 月 26 日晚，我打开电脑，一则血淋淋的报道正在网上疯传：

> 2013 年 10 月 25 日上午 11 点，一名男子手持榔头、匕首，闯进浙江温岭市第一人民医院，而后砸门、行凶，结果导致三名医生一死两伤！

这起血案，简称“温岭血案”。

血案中的死者叫王云杰，浙江温岭市第一人民医院耳鼻喉科医生。

温岭血案，震惊浙江！震惊全国！

然而更令人震惊的是，三天后，死者王云杰医生的女儿在她父亲的追悼会上，说了这样一句话：“我怎么也没想到，在我 18 岁生日的前一天，我爸爸作为一名救死扶伤的医生，面对的竟然是患者高高举起的屠刀！”

也就在这一天，数百名身穿白大褂、面戴口罩的各地医生和护士，纷纷聚集在温岭市第一人民医院门前，振臂疾呼，泪流满面，强烈呼吁社会各界保护医务人员的生命安全！

紧接着，从浙江台州的临海，到相邻的江苏，乃至更远的北京以及全国其他地方，无数医务工作者通过各种方式，纷纷表达了对同行逝者的哀悼；同时也表达了对行凶患者的愤怒与谴责！更有甚者，一位医生穿着洁白的白大褂，独自爬上一栋楼顶，竟背对公众，迎风伫立——他的白大褂的后背，用鲜血赫然写着四个大字：

不要学医！！！

于是，多年来一直深感压抑的医生护士们，终于在一位名叫王云杰的耳鼻喉科医生被患者捶杀后，通过自发的抗议

与声援，撕开了一个宣泄的出口，让复杂而吊诡的医患关系再次成为社会关注的热点和焦点！

我很快调查了有关医患矛盾的一些案例。

结果发现，医患矛盾导致的悲剧，远不止温岭这一起；在众多医患暴力冲突事件中，温岭血案不过是冰山一角。

远的且不说，单说 2013 年 10 月，短短 10 天时间里，我查到的医疗暴力事件就多达五起：

- 第一起：2013 年 10 月 17 日，多名患者家属打砸上海中西药大学附属某医院；
- 第二起：2013 年 10 月 21 日，广州广医二院三名医生被患者打伤；
- 第三起：2013 年 10 月 24 日，北京 120 急救车组在一起救护过程中医生被患者打伤，司机髌骨骨折；
- 第四起：2013 年 10 月 25 日，一患者挥动榔头和匕首，致使温岭市第一人民医院医生一死两伤；
- 第五起：2013 年 10 月 27 日，南昌市第一医院女护士被一男子持刀挟持，致使颈部和手腕受伤。

而就在当月，有媒体针对医患关系，公布了一份调查报告，该报告称，在“官二代”“富二代”“红二代”成为热门话题的同时，中国不少工作在医疗战线的医务工作者们却不希望自己的家里出现“医二代”；而且在问及愿不愿自己的孩子再穿白大褂时，居然有 78% 的受访医生表示，不希望自己的孩子再穿白大褂，成为“医二代”！

这样的调查结果，令我深感震惊！

在我幼小的心灵中，医生是这个世界最神圣的职业。我至今还清楚地记得，在我10岁左右，我的第一个志愿就是当一名医生。后来因为看了鲁迅写他弃医从文的一篇文章，才决定改变初衷，弃医从文。现在想来，莫非当年的鲁迅就预料到中国的医生是个高危职业，所以最终弃医从文？然而尽管如此，医生和教师至今仍是我心中最尊敬的人；只是我万万没想到，中国社会发展到今天，医生竟然成为连医生自己都厌弃的职业！

众所周知，中国医改，已经历了10年风雨；新医改，也启动五年有余。医改的初衷，本为解决百姓看病难的问题，但启动后的医改，医学论文层出不穷，医学技术不断进步，医疗设备更是越添越多，甚至锦上添花，日趋完美；然而人们期望的和谐的医患关系，却并未出现。相反，我们看到的现实，总是医患双方各怀满腹委屈，甚至无限悲伤，彼此对立，渐行渐远。

就拿温岭血案来说，这起医患纠纷的起因，说到底不过是个小小的微创手术而已，最后竟然演变成了一起凶残的杀医血案！医院本是救死扶伤的场所，为什么总是上演着一场接一场的你死我活的充满血腥的杀戮？导致今天如此局面的根本原因究竟是什么？这说不清理还乱的医患纠纷，到底该谁来埋单？

就在这时，我接到一个电话。

2

电话是北京一位朋友打来的。

朋友说：“鸣生，听说你现在很关注社会现实问题，我想给你提供一个题材。”

我说：“什么题材？”

朋友说：“有一所中职卫校，名气却不小；这所学校培养出来的学生，也就是护士，近年来很受医院和患者的欢迎，而且就业率百分之百。这些毕业后走出校门的护士，别说什么血案，就连与患者的争吵，也没有发生过。很多患者点名只要她们来打针、送药呢，医患关系不但不紧张，反而非常亲近、和谐。”

我当然有很多理由对此表示不信，但我只问了一句：“这所学校靠的是什么？”

朋友说：“三言两语说不清，这样吧，你若有兴趣，自己

长洲岛一角

亲自去看看，实际调查一番，结论自然就出来了。”

我说：“这所学校叫什么名字？”

朋友说：“黄埔卫校。”

我说：“黄埔卫校？我怎么从来没听说过？”

朋友说：“我也是今年才听说的。”

我说：“这个学校在什么地方？”

朋友说：“在广州的长洲岛。”

“长洲岛？”我一无所知。

“黄埔军校你总该知道吧？”朋友说。

我说：“黄埔军校我当然知道了。”

朋友说：“黄埔军校就在长洲岛上。”

黄埔军校名满天下，我仰慕已久，却从未去过，便想，既然黄埔军校和黄埔卫校都在长洲岛上，即便黄埔卫校浪得虚名，不像朋友“吹嘘”的那样，去看看黄埔军校，又何尝不可？再说了，在医患关系如此紧张的今天，卫校对社会的作用举足轻重，不可小视，而护士对缓解紧张的医患关系更

长洲岛文塔

是至关重要。因此，上岛搞清这所卫校的真实面目，也许很有必要——万一今天黄埔卫校培养的“白衣天使”，与当年黄埔军校培养的“戎马战将”，有着异曲同工之妙呢？

我当即决定：上岛！

第二章　黄埔军校与黄埔卫校

3

踏上广州长洲岛，已是凌晨 1 点。

这是 2013 年 11 月 3 日。从北京上飞机时，冷风飕飕，我穿的是一件薄棉衣，而一踏上长洲岛，我则大汗淋淋，热气直冒，仿佛一下从北极跨到了南极，从冬天进入了夏季。

但疲惫至极的我，还是在第一时间，闻到了岛上一股扑鼻而来的清香。

说长洲岛，可能大多数中国人都不清楚。但说黄埔军校，肯定大多数中国人都知道。而黄埔军校，就在长洲岛上。

长洲岛位于广州南部，隶属广州黄埔区，总面积约 11.5

作者登上了长洲岛

平方公里，岛上常住人口约3.2万人。长洲岛三面环水，一面临城，为珠江的一个江心岛。清同治年间（1862—1874），黄埔港口和黄埔海关迁至长洲岛北岸。因清政府自康熙时就规定，外轮修理严禁进入广州，只能泊在长洲岛；而乾隆时又指定黄埔为外轮唯一停泊口，并设立黄埔海关，故长洲岛很快商贾云集，盛极一时，成为当时声名显赫的对外通商贸易的重要口岸。

长洲岛的一大特点，是历史文化古迹多。比如，东征烈士墓、中山纪念碑、孙中山纪念馆、北伐纪念碑、教思亭、袖海亭、黄埔公园旧址、济深公园旧址、白兔岗炮台，以及巴斯楼、巴斯教徒墓地、柯拜船坞、深井文塔、凌氏大宗祠、金花古庙、南海神祠等，可谓数不胜数，目不暇接；尤其值得一提的是外国人的墓地。清朝时，由于中国政府不准外国人居住广州，而只能住在长洲附近海面的艇上，所以一些外国商人、政府官员以及海员去世后，只能集中葬于长洲岛深井村的竹岗上，墓地总面积约 20 亩。其中最著名的墓地，是 1847 年在广州病逝的美国首任驻华公使亚历山大・义华业之墓。

孙中山雕像

因此，行走在这样一个岛上，不难发现，历史的碎片比比皆是。比如300年以上的瓦片、砖头、墙壁和庭院，轻而易举，随手可及；尤其是一些小小的村落，宁静别致，舒适安闲，那些祖祖辈辈居住在这里的每一位古稀老人，似乎都有各自独特的心情与故事、豁达与开朗，以及日常生活中的家长里短与牢骚怪话。

广州大学城，则是毗邻长洲岛的另一小岛。10所名牌大学，同处一岛，比肩而立，本身就是一个奇迹。大学城总面积为17.9平方千米，入驻了20万大学生，城市人口规划约为35万；大学城于2004年9月1日正式入驻首批10所广东高校。这10所高校分别是：中山大学、华南理工大学、华南师范大学、广州大学、广东外语外贸大学、广州中医药大学、广东药学院、广东工业大学、广州美术学院以及星海音乐学院。

大学城给我的总体感觉是：雄伟气派，现代文化气息浓郁，园区内空气清新，绿树成荫，清静幽雅，最适合晨读或散步；当然还有单车骑行，尤其是当我看见一个帅气的男生骑着一辆后面坐着一位漂亮女生的单车从我面前一闪而过时，我更感到这座弥漫着青春气息的大学城是那样的真实、诱人。

因此，别的不说，长洲岛仅凭“毗邻大学城”这一句广告语，便深深吸引着全国的莘莘学子。

广州大学校区

4

当然，长洲岛最著名的，还是黄埔军校。

黄埔军校即陆军军官学校，是中国第一所培养革命军队干部的军事学校，为孙中山先生亲手所创。因黄埔军校的校址在广州黄埔，故又称“黄埔军校”。

黄埔军校创建于1924年6月16日，距今已近百年。然而，当我一足踏进这个历史要地时，感觉风尘依旧，恍若昨日，仿佛连空气里也弥漫着一种说不清的神秘色彩；尤其是它那疏离尘世而又霸气侧漏的独特气质，更是引人入胜，感叹不已。

孙中山为何要建立黄埔军校，原因很多，比较一致的说法是：辛亥革命建立民国后，孙中山始终没有自己的军队，所以民国建立10年了，中国一直处于军阀混战的局面，无力实现真正意义上的南北统一。俄国十月革命胜利后，孙中山决定师从苏俄“以党建校，以校建军”的模式，于是在苏俄这位“老师”的促成下，国共首次合作，国民党联俄联共，共同创建了黄埔军校。

据说，当年的黄埔军校，与法国的圣西尔军校、美国的西点军校、英国的桑赫斯特皇家军事学院、俄罗斯的伏龙

陆军军官学校校门

芝军事学院以及日本的陆军士官学校，并称世界“六大军校”。这一说法是否属实，有待考证。但黄埔军校自建立起，以孙中山的“创造革命军队，挽救中国的危亡”为宗旨；以蒋介石的“亲爱精诚”为校训；以培养军事与政治人才、完成国民大革命为目的，为中国革命作出了重大的贡献，其影响之深远，作用之巨大，声名之显赫，却是不可否认的事实；而从黄埔军校走出的无数声名显赫甚至举世闻名的优秀军事将领，更是家喻户晓。国民党方面自不用说，单从共产党方面来看，就有周恩来、林彪、叶剑英、聂荣臻、项英、陈毅、董必武、瞿秋白、张国焘、左权、陈赓、徐向前、刘志丹等。

长洲岛不仅有黄埔军校，还有本文一开始就提到的黄埔卫校。

黄埔卫校与黄埔军校，相距不过10分钟车程，字面上也仅一字之差，但二者却有不同：一个是军校，一个是卫校；一个培养的是戎马沙场的名将，一个培养的是救死扶伤的护士；如果硬要把二者放在一起做个比较，那就只能说，一个英雄辈出，在中国的历史舞台上带来一场血雨腥风的战争；一个温文尔雅，在中国的道德教育上带来一场沁人心脾的改革。两所学校的相同点，则都在长洲岛上。

5

我走进黄埔卫校，是一个早上。

早上的长洲岛，有一种特别的宁静；而黄埔卫校的早上，除了特别的宁静，还有一种特别的亲切。

离黄埔卫校还有五六十米远，就看校门口的两旁，恭恭敬敬地站着六位同学。我一进校门，六位同学便面带微笑，异口同声，向我发出亲切的问候：“老师，您好，请！”接着便

黄埔卫校校门

是鞠躬，便是行礼，而后又向我做出一个漂亮的引导手势。

上述一连串动作，彬彬有礼，自然大方，尤其是那一声亲切的问候，清脆、干净，甜美、温柔，既让我感到赏心悦目，又感到真实亲切。我仿佛瞬间穿越时空，回到了千年前那个被称为“礼仪之邦”的东方文明古国。

后来我才知道，这六位同学是学校礼仪值周生，她们的任务就是在课余时间向过往的人行礼、问好。无论面对老师还是学生，不管是进门或出门者，她们都必须鞠躬行礼，热情问候。春夏秋冬，月月岁岁，天天如此。

在北京，我曾去一些大学讲课。这些校园给我的整体感觉，好像多了一些喧嚣，少了一份宁静。尤其是有的学校门口，不是卖羊肉串的，就是卖烤红薯的；不是贴手机膜的，就是卖劣质化妆品的；不是卖盗版图书的，就是卖盗版光碟的；甚至有一所大学的门口，还开了一家洗脚房。这些学校的门口，不说是乌烟瘴气，至少是有点混乱不堪。

而黄埔卫校，这所小小的中职学校，你一到门口，见到的就是孩子们礼貌的鞠躬，真诚的微笑，优雅的引导；进了校园，随便遇见任何一位同学，都会向你鞠躬行礼；如果你与某位同学迎面相逢，这位同学还会很有礼貌地侧身一旁，向你发出一声亲切的问好。

学生们礼仪值周

总之，你一旦置身于校园之中，一下子就会让你找到一种久违的亲切感，就好像回到家一样。同学与同学之间，老师与老师之间，老师与学生之间，亲切和善，真诚温暖。甚至整个校园的空气，仿佛都弥漫着一种友善的味道。

那么，这所看上去很普通的学校，到底是怎样一所学校呢？

黄埔卫校一角

第三章　麻雀学校

6

问到黄埔卫校的过去，不少人都对我说，过去的黄埔卫校，就是一所“麻雀学校”。意思是说，过去的黄埔卫校，就像一只麻雀样的渺小。

真是这样吗？

黄埔卫校创办于1989年，校史很短，至今不过二十余年，其性质就是一所普通的中职卫校。当年之所以要创办这所学校，与中华全国总工会直接有关。

据全国总工会相关部门调查，20世纪80年代，中国的高血压患者、脑血管病患者、糖尿病患者以及恶性肿瘤患者等，有相当一部分都是在职和退休职工；至于其他各种职业病患者，更是不在少数。而全国职工的疗休养问题，均属全国总工会管理。因此，面对一个如此庞大的需要疗休养的职工群体，其医疗的预防、保健和护理工作，就十分重要且相当迫切。因为总工会在全国各地设立的职工疗养院多达一百二十多所，疗休养床位有三万多张，可专业医护人员则只有一万人左右；这万把医护人员不仅肩负着全国劳动模范、广大职工和社会各界人士的疾病预防、治疗与恢复任务，还承担着普通民众的健康、疗养和度假工作，每年接待全国各地疗养康复人员就多达二十余万人次，休养度假人员六十余万人次！

如此繁重的护理工作，谁来做？毫无疑问，只能是护士。

但当年的护士人员，少之又少。

于是，1989 年，全国总工会决定，尽快创办一所职业卫生学校，专门培养医护人才；其毕业后的主要任务，就是专门为职工疗休养人员服务。

当然，实话实说，当时全国总工会考虑创建这所学校时，多多少少也是夹带着一点“私心”的，这点“私心”就是：学校一旦建成之后，凡是疗养院的子弟报考这所学校，均可适当降低录取分数线。这样，既能解决疗养院子弟就业难的问题，又能解决疗养院护理资源的困难，于公于私，都有好处，何乐而不为呢。

但学校建在哪里，是个首要的问题。

几经考察，最后全总决定建在广州最合适。理由很简单，广州是当时中国改革开放的前哨，无论社会环境、经济资源还是现有条件，当属首选。广东省总工会责无旁贷，很快就在其管辖的广东省第二工人医院内，辟了一块地出来。

这块地，就在长洲岛。

接着，全国总工会投了一笔钱，学校很快就建起来了。

由于校址在长洲岛上，学校便正式命名为“广东黄埔卫生学校”（后改为“广东黄埔卫生职业技术学校”），简称“黄埔卫校”，其性质属于全日制公办中等专业学校。

7

现任黄埔卫校的副校长蒋启文，是当年黄埔卫校最早的老师之一。

走访中，蒋启文副校长告诉我说，黄埔卫校虽然创建起来了，但校长是由医院院长兼任的，所以负责学校教学工作的，实际上是副校长黄谱梅。而全校在编的领导和老师加起

黄埔卫校副校长、“德能教育”专家蒋启文

来，一共只有五个人；其他上课老师，都是临时聘请的。

由于黄埔卫校地处偏僻，交通不便，老师们每天到学校上课，只能靠摆渡上岛，有时乘坐一艘只能容纳十多人的小艇，有时乘坐一艘能容纳一百多人的政府轮渡船。刚开始，小艇和轮渡船是每半个小时一班；后来人渐渐多了，才每隔 15 分钟来一班。

上岛后，老师们还要再走约两公里的小路才能到学校。小路全是泥巴路，沿途四周，是一片片的灌木丛和参差不齐的芭蕉树，还有密密麻麻、嗡嗡乱飞的蚊子！这些蚊子又多又大，野性十足，见人就咬，逢肉就叮，所以老师们开玩笑说：“长洲岛上的蚊子，三个就是一碟菜”。

学校虽然是新建的，但整个学校，只有一幢四层的宿舍楼和一个五层的教学楼；而所谓的“教学楼”，也不过就是一栋普通的小楼罢了，朴素得连楼的外墙上都没贴瓷砖。

1990 年秋，黄埔卫校正式开学，首次招生。但是，招生指标少得可怜，每个省只有五个。所以，学校第一年只招了 68 人，办了两个班，一个班三十多人，老师还是外聘的。

后来，招生指标开始增加，学生逐年增多：1992 年，招了

被人称为“麻雀学校”的黄埔卫校旧貌

79人；1993年，招了102人；1997年，招了180人。

至于教学经费，由全国总工会每年拨款30万。

靠30万支撑一个学校，虽然杯水车薪、捉襟见肘，很是可怜；但有这30万，总比一分没有强啊！

当时凡是入校的学生，分两种性质：一种属于“国家任务生”，一种属于“代培生”。而无论是“国家任务生”还是“代培生”，名义上都是为总工会系统培养护理人才，实际上是为全国代培护理人才。

由于当时中国改革开放刚刚开始，全国都急需大量人才，广东更是如此；加上黄埔卫校是广东唯一一所面对全国招生的卫生类学校，所以每年学生毕业前夕，不少单位纷纷跑到广州，找黄埔卫校要毕业生；有时人数有限，得排着队来要；而且每要走一个学生，还得付给学校4500元。因为黄埔卫校的学生基础不错，当中有初中毕业后考进去的，有高中毕业考进去的，还有一部分本身属于国家干部。所以凡是考进学校的学生，考分一般都比较高，甚至有的考了六七百分！

上述现状，一直维持到1999年。

然而到了2000年，黄埔卫校风光不再。

为什么？

8

历史就像珠江的水，总是说变就变。

随着中国改革步伐的推进，计划经济向市场经济迅速过渡，黄埔卫校不再属于全国总工会领导，而转由广东省总工会负责分管。也就是说，国家从此不再拨专款，被断了“奶”的黄埔卫校，只有被迫跳进波涛汹涌的经济市场。

本来，学校此前最大的难处，就是经费紧张。过去虽然穷，好歹还有 30 万垫底；现如今，国家连一分钱也不给了，一切要靠自己找米下锅，于是学校一下就手忙脚乱甚至不知所措了。

蒋启文副校长说，当时学校的建筑已经使用十几年了，本来应该重新粉刷和维修一下的，但学校没有钱，只有暂时不管它；再加上当时的张校长和黄副校长都面临退休，张校长的主要精力都放到了医院，几乎不管学校，所以教职员工人心涣散，学校开始走下坡路，有时候连老师的工资都发不起了。

至于招生情况，也很不理想，学生越来越少，本来给了几十个指标，却只来了五六个学生；学校的录取分数线本来是

400分以上，结果来的都是两三百分的。学生素质开始下滑，便是自然而然的事情了。

由于学校没有钱，校长又退休了，广东省总工会就安排华南工商学院的院长，兼任黄埔卫校的校长。华南工商学院是广东省总工会所属的大学，他们正好需要场地设施，而卫校又需要钱，所以两校就合办了大专班，他们负责招生，卫校负责办学。至于学校的发展前景，谁的心里都没数，谁的眼睛也看不准，大家只能当一天和尚撞一天钟，维持一天是一天。

在此期间，省教育厅专门派人来到黄埔卫校。卫校的教职员工们个个摩拳擦掌，兴奋异常，把全部的希望都寄托在了省教育厅考察人员的身上。不料省教育厅的人看了学校的硬件设施，再听了学校的情况汇报后，禁不住连连摇头说："你们这所学校，简直就是一所典型的'麻雀学校'嘛！现在全国各校，竞争非常激烈，像你们这样的学校，怎么可能办得下去呢！"

"办不下去，怎么办呢？"一位老师问了一句。

考察人员说："这样吧，要么谁来兼并，要么散伙！"

听了这话，老师们不寒而栗。

幸运的是，后来当省教育厅的考察人员得知黄埔卫校是全国总工会创办的学校，是服务于全国总工会系统的疗休养事业的唯一一所职业学校，而且工会资产又是独立的资产，既不能吞掉也不能兼并时，也就睁只眼闭只眼，任其自生自灭了。

9

历史的经验告诉我们，人心的涣散和斗争，常常是一个单位衰败的催化剂。

那个年代的黄埔卫校，发展越差，人心越是涣散，互相猜忌，分帮结派，钩心斗角，内耗严重。真正将黄埔卫校的人心击成碎片的，是那一场轰动广州的“戒毒所”事件，差点儿把学校毁于一旦。

事情发生在2002年。

当时，广东省第二工人疗养院为了赚钱，办了一个戒毒所，前来戒毒的有好几百人。按医院当时的规定，从戒毒所出去一个人，就要付给戒毒所几千块钱。但那些吸毒的人，家里早就没钱了，根本不可能拿出钱来把他们赎回去；再加上这些戒毒人员中，有不少人进戒毒所之前是卖淫的。这就让一些专门从事卖淫活动的人钻了空子，他们找到疗养院戒毒所，和戒毒所的管理人员以及当地的某些公安人员勾结一起，先为那些戒毒人员交了钱，然后把戒毒人员赎出去，再组织这些戒毒人员去卖淫，用卖淫所得的钱来还赌账。

但此事后来被人告发，接着迅速成为一个事件，而后很快被媒体曝光。不仅在长洲岛，就是在整个广东省，都成为人们饭后茶余咀嚼的头条新闻！

于是，戒毒所所长等人被法院起诉，而后被判了刑；而时任第二工人疗养院的院长张院长却潜逃了，从此十多年不见踪影。由于当时张院长兼任着黄埔卫校的校长，所以黄埔卫校也就自然而然地被牵扯了进去。

树倒猢狲散。蒋启文副校长说，戒毒所东窗事发后，我们的一位姓黄的副校长也被人告到黄埔区检察院，说她贪污受贿；另外学校还有一些老师和员工，也被叫到黄埔区检察院讯问；我当时担任学校学生科的科长和招生办主任，也被叫到了检察院。我记得是2002年的夏天，那天刮10级台风，很多屋棚都被吹翻了，就在那天，黄埔区检察院通过学校，通知我去检察院。当天晚上7点钟左右，是我爱人骑摩托车带我去的，路上我全身都湿透了，不知道发生了什么事。我记得在路上我还接到了财务科科长的电话，他说自己刚被审讯完，在里面待了四五个小时，难受死了！我到了审讯室，一看四面都是封闭的，一个大的摄像头对准我，我心里很不是滋味。我说，我也是经历过文化大革命的人，你们今天这样对待我，我心里很不舒服，但是我不怕！检察院的人说，我们不是查你，只是希望你作为一个共产党员，要说真话，要用党性保证你所说的真实性。我说，我爷爷是老红军，我父母也从小教育我，要好好做人，做一个正派的人，我知道我该说什么，该做什么，你们放心，我会说实话的。接着他们就来来回回地问这问那，而且态度很不好。后来我累了，稍微没坐好，他们就要我坐好。我说我是人民教师，我没有犯错，不是犯人！我这么一说，他们的态度才客气了些。就这样，他们从 7 点一直审问到深夜 12 点，才放我出来。当时我爱人一直在楼下等着我，他说他相信我，对我有信心；我自己也有信心，可一回到家，我就大哭了一场。我哭的是我为之付出十几年青春的学校，如今竟变成这般模样？在学校的存亡之际，大家考虑的不是同舟共济，而是人与人之间的互相猜忌！

后来，黄副校长没什么事，检察院、省总工会召集所有教职工说：黄副校长没有贪污受贿的问题，虽然是拿了点钱有小金库，但不是违法贪污。在我的印象中，黄副校长工作尽职尽责，也很廉洁，没有多拿过钱。别人送来水果，她每次都让大家一起吃；自己做的肉汤，也让大家一起喝，所以我很相信她，认为她不会贪污。至于被人告发的“小金库”，是我们在 1993 年、1994 年前后经过上级同意，为广东各地市培养护士，作为代培基地收的代培费，当时每个人收 3300 元。因为后来学校被完全推向了市场，所以黄副校长就用这笔钱为全体职工买了医保、社保。

是的，黄副校长没事了，蒋启文和其他老师也没事了；但是，整个黄埔卫校内部，却因此而人心惶惶，乱了阵脚，无所适从。因为迷茫，人的胸怀就会变得狭隘，甚至职工之间为了一点小事，也会在背后互相说对方的不是，互相猜忌，各立山头。以至于在此后两三年时间里，大家一蹶不振，深陷迷茫。

而就在这个时候，黄埔卫校来了一个人。

这个人，便是“德能教育”的创始人欧阳焕文。

“德能教育”创始人欧阳焕文

第四章　欧阳焕文出山

10

常言道，人心的合聚是一个单位最大的财富。

正是欧阳焕文的到来，让黄埔卫校人心重新合聚，众志成城；也正是欧阳焕文的到来，让黄埔卫校迅速冲出阴霾，走向新生。

在正式采访欧阳焕文之前，我就已经从其他老师口中了解到关于欧阳焕文的一个“关键词”——敢于承担。

2006年，黄埔卫校的运动场还位于半山腰，是泥浆地，没有铺水泥。这是一个历史遗留问题。据说是城建规划等部门为了保证绿地面积，不给铺水泥。南方的春夏两季雨特别多，而操场的下方刚好是三幢学生宿舍和学生食堂。因此，每到雨季，操场上的泥水就会倾泻到学生宿舍和食堂，暴雨的时候，看起来就像泥石流般，对学生的人身安全造成了很大的威胁。

为了学生的安全着想，学校多次向政府有关部门反映和协商，无奈各种程序的审批需要一定的时间。5月就要到了，眼看着暴雨季节又要来临，审批手续却还没有下来。

广州地区的五六两个月是最多雨水的季节。为了学生的安全，欧阳焕文顶住来自各方面的压力，作出一个决定：在学生“五一”放长假期间一定要把操场上的水泥铺起来！

说干就干！推土机、挖掘机轰隆隆地进到了黄埔卫校。恰逢“五一”放长假期间，欧阳焕文每天都会接到城管部门的电话，要求停工！欧阳焕文是一个勇于担当的人，他坚定地告诉城管的工作人员：“我们都是公务员，都是人民的公仆，是为了人民的利益而做事。我建设操场完全是为了学生的安全着想，所以不能停工！建操场一点也没有为自己。既然不是为自己，我就不怕负责任，有什么事，我会负责！”并表态等假期结束，会第一时间到城管部门去沟通协调审批手续事宜。语气有礼有节，又非常坚定。

后来，建设操场的事处理得非常好，按照规定补齐了所

黄埔卫校东校区一角

有手续。城管部门的工作人员为欧阳焕文那种“敢于承当，勇于负责”的态度所感动，表示一定配合做好工作。就这样，两个单位还建立了良好的关系。

做人和做事，是一不是二。“事在人为”，什么样的人做什么样的事。同一件事，不同的人做就会有不同的结果。在众多职工眼中，欧阳焕文就是这样一个人，他总是可以把复杂的事情简单化，总是可以把其他人看起来难以解决的事情处理好，而且看上去若无其事，风轻云淡。这让我对这个“人物”更多了几分好奇。

欧阳焕文是复姓，熟悉他的朋友，平常图简单，都叫他“欧阳”。

欧阳焕文留给我的第一印象是，举止谦恭，不苟言笑，彬彬有礼；一张国字形的脸上，好像永远写着国家大事。

欧阳焕文还有一个特点，就是对中国传统文化和道德的研究功底深厚，感悟至深。比如，说到某个典故，他信手拈来；谈到某篇古文，他出口成章；而对诸如《道德经》、“四书五经”等经典，他更是头头是道，深明真义，融会贯通。

后来正式采访欧阳焕文时，我才知道，原来欧阳焕文与中国传统文化有着很深的渊源；而他的家庭背景，也来头不小。

欧阳焕文校长接受作者采访

11

北宋著名的政治家、文学家欧阳修，大家可能耳熟能详；但欧阳修的嫡系后代恐怕就少有人知道了。

欧阳焕文校长，便是欧阳修的嫡系第 37 代。

说欧阳焕文是欧阳修的嫡系后代，并非我随意杜撰，而是有族谱为证。据欧阳焕文家的族谱记载，欧阳一族的老家在江西吉安永丰县沙溪镇，而欧阳修的后代就在江西永丰；欧阳修是“六一居士”，欧阳焕文的家族就是“六一堂”的。欧阳家从江西永丰迁至广东清远市阳山县，欧阳焕文才从江西人变成了广东人。

也许正因为有这样一种非同寻常的家族背景，所以欧阳焕文自幼便对古文有一种天然的亲近感和熟悉感。

其实，欧阳焕文的祖辈都是农民，父母也是地道的农民。

1949 年前，由于欧阳焕文的爷爷开过豆腐作坊，加上还有二三十亩地，新中国成立后欧阳焕文家就变成了富农；他的爷爷奶奶和父母，也就顺理成章地变成了“四类分子”。

“四类分子”，是中国 20 世纪五六十年代的一个专用政治术语。其实，新中国成立之初，只有“三类分子”，即地主、富农、反革命；后来加上“坏分子”，便发展成“四类分子”；再后来因为1957年轰轰烈烈的反右运动，又增加了55万“右派分子”。于是“四类分子”，又壮大发展为“五类分子”，即地、富、反、坏、右，简称“黑五类”。

“黑五类”的命运不堪回首。比如挨批挨斗，是那个年代的家常便饭。有一次，欧阳焕文亲眼看见，爷爷在批斗会上被人打了，头上鼓起一个像茶碗那么大的包。但欧阳焕文不管什么“黑五类”“红五类”，从小就和爷爷好，连晚上睡觉都睡在一张床上。只是，欧阳焕文家五个小孩，加之家里太穷，穷得连睡觉的地方和猪圈都无法分开——猪圈里养猪，猪圈上再支一张床，欧阳焕文和爷爷就睡在猪圈上方的床上。因此童年的欧阳焕文，半夜三更常常被猪声惊醒。后来，欧阳焕文和哥哥还住过牛栏，即用一块木板将牛栏隔成两小半，外面养牛，里面支床，欧阳焕文便夜夜与牛为伴，可谓同呼吸，共命运。欧阳焕文后来说，牛是最辛苦最勤劳的动物。他对牛的认识与理解，也许就是从那个时候开始的。

欧阳焕文很小的时候，就参加生产队的集体劳动了。欧阳焕文所在的村，是当时全县唯一的农业学大寨的典型村，叫黄牛滩。所以欧阳焕文上一年级，才七岁左右，就参加劳动开始挣工分了。欧阳焕文说，每天早上，天刚蒙蒙亮，我们村“贫协”主任，就开始挨家挨户地敲窗户，叫大家快点起床去劳动了。早上要劳动两个小时，然后我才去上学。那个时候劳动是要算工分的，两个小时算两个工分，两个工分仅值几分钱。中午我们吃完饭以后，下午上学就带着锄头、镰刀等劳动工具去，一下课还要再劳动两个小时。也就是说，每天除了上学，我还要劳动四个小时。所以农村的活儿，我除了犁田耙田没干过，其他最苦最累的活儿我都干过。由于劳动时间多，所以那个时候上学基本上没学什么东西。不过，我自己很喜欢看书，有一次我躲在牛栏里看《敌后武工队》这部小说，被“贫协主任”逮着了，还在全生产队的学生大会上批斗我，说一个农村娃娃，读那么多书干啥？读再多也没用。我那个时候很崇拜书里打天下的英雄，更敬仰他们能够为大众不受压迫不受剥削而出生入死的爱国精神。

由于欧阳焕文的父母是“黑五类”，所以欧阳焕文的哥哥、姐姐只上了小学，就不准再进校门了。而欧阳焕文自己，从小也总是受人欺负；同时也亲眼看到一些社会的阴暗面，经历了一些人生的世态炎凉。比如，一个小小的生产队长，就可以横行霸道，随心所欲；而所谓的“地富反坏右”同样是人，却像一条狗一样，甚至连狗都不如，随便就可以被人打死。欧阳焕文说，由于我是“黑五类”的孩子，所以从小就受欺负。比如我在地里面玩泥沙，有些心地不好的贫下中农就会点着我的头，骂我是“富农仔”；上学的时候，因为我剃光头，有同学就会从背后用指甲抓我的头，有时头皮都被抓破了，流了血。那个时候我就想，人为什么是这样呢？大家都是从一个村里面出来的，日子过得都不容易，为什么还要互相伤害呢？这些东西从小对我触动很大，迫使我思考人生，思考社会，锻炼了一种不服输的心智。同时为了不受欺负，我从小就跟我哥哥的干爹偷偷练武，他很厉害，解放前是个武打师。后来上了中学，又跟我姑父偷偷练武。再后来上了大学，我还练过白眉拳。但父母从小就教育我，做人要心地善良，所以尽管我在上小学的时候，十几个同学都打不过我，但我从不欺软怕硬。

不过，欧阳焕文的运气还算不错，碰上了个好时代，刚上初中，邓小平就说取消成分论，所以他在老家农村小学附设的初中班里读完初二，就直接考上了县城里的重点高中。欧阳焕文说，我只上了初二，没上过初三，英语也一点都没学过，竟然能考上县重点中学，这在我们当地是一件很了不起的事情。因为，从当时的情况来看，只要你能考上县重点高中，哪怕不上大学，毕业后就可以不回农村务农了，比如去水泥厂当个工人什么的，这意味着我从此就可以脱离脸朝黄土背朝天的农村生活了。所以，我和家人都特别高兴，简直就像做梦一样。

欧阳焕文能考上县重点中学，得益于他的勤奋。欧阳焕文从小读书就比一般孩子刻苦，考试前，他住在当时农业学大寨还没建好的一间小平房里，房子还是泥地，他就自己用一些建筑模板做成床，把自己关在房里整整攻读了一年，天天晚上点着煤油灯熬夜，最晚的时候要熬到凌晨两三点。欧阳焕文从小就有一股倔劲，韧性也很强，要做什么事就非得做成不可，用广东人的话来说，就是经得起折腾的那种人。

考上中学后，欧阳焕文更是刻苦学习。他一个学期只回去一次，一是抓紧时间学习，二是离家 30 公里，回去一次要六角三分钱的车费，这六角三分钱对当时的欧阳焕文来说，是一笔不小的数字，所以他舍不得。在吃饭上他也很节约，学校一个月吃不上一次肉，每一顿一盆青菜五分钱，都是用水烫之后捞出来就吃，想加个菜也没钱。因为当时欧阳焕文父母的年纪也大了，家中主要靠哥哥到小江镇上卖点米卖点菜，然后再把钱寄给他，每个月大约也就三四块钱的样子。

中学时代的欧阳焕文，曾经是一个文学青年，有过当作家的梦想，而且还写过自传，这本传记至今还压在他自己做的一个木箱里。当时时值改革之初，文学尤其是报告文学，给了欧阳焕文极大的感染力和震撼力。他想通过文学改变社会。所以他拼命读书，尤其是《三国演义》，他至少读了10遍。后来上了大学，对《孙子兵法》中的十多篇文章，他都能背诵。

此外，欧阳焕文还曾经想当个医生，给穷人治病，解除乡下人的痛苦。甚至他还跟着大队卫生站的赤脚医生，学过中医，像《穴位歌》《切脉歌》，他都背过很多。但后来他意识到，医生只能给人治病，却不能医命，不能改变人的命运，更不能改变社会；真正的大医不是医病的大医，而是医国医民的大医。所以，医命比医病更重要，他决定弃医学文。

12

1983年，欧阳焕文考上了广东韶关师范专科学校（即现在的韶关学院）中文系，成为他们村有史以来第一个大学生。

欧阳焕文能考上大学，除了自身的勤奋，还有一个原因就是家庭的影响。欧阳焕文的父亲，在镇里上过10年的学，主要是念国学，所以欧阳焕文从小在父亲的调教下，开始背诵《增广贤文》《三字经》《论语》《中庸》《大学》等。

而欧阳焕文的爷爷和大伯，也是村里的文化人，不仅字写得好，还读了很多书。欧阳焕文所在的村，是个有八百多人口的大村，欧阳焕文家是这个村最有文化的一家。所以欧阳焕文后来喜欢中国传统文化，与他家庭背景直接有关。

进了大学门后，欧阳焕文的志向是学文。虽然高考时他的英语考了近 80 分，超过了英语本科录取线，但他还是不想学外语，决定把自己的全部精力用在学文上。

欧阳焕文说，大学一年级，我就当了个小组长，因为我是农村去的，很土，连普通话都讲不好。但是我很刻苦，很快就学会了普通话，而且为了练好普通话，我专门背《师说》，因为里面有很多翘舌音，我每天早上一起床就开始背，反复地背。到了大学二年级，我的胆子开始大起来了。有一天，我找到校团委的书记，要了一张介绍信，说要出去联系办文化补习班，派我们的同学出去讲课，由我来主办。后来我就拿着一封介绍信，利用星期六星期天，去各大工厂毛遂自荐，说我帮你办补习班，组织我的同学出来给你们讲课，补习初中文化。结果，我一下子办了十几个班，从此我自己就有了收入，再也不用家里给我寄钱了，并成为第一个在学校搞勤工俭学的学生。

后来欧阳焕文又在校内组织和支持同学搞了桌球室、洗衣店和理发店，还搞了摄影学习班、吉他学习班。他说，那个时候，过节期间流行寄明信片，所以每年元旦和春节，我就跑到湖南郴洲那边，运上几麻袋明信片，然后再回学校卖。学校发现我这个才能之后，就把我任命为学校团委的劳动勤工部部长，校长还多次表扬我，说我们学校的学生，就是要像欧阳焕文同学那样，做到自我管理，自我锻炼，自我发展，校长还亲自接见了我。之后我的胆子就更大了，想法也更多了。比如当时不少同学家里寄来的钱用不完，怎么办呢？我就在学校组织成立一个学生信用社，向校长申请买了一个很大的保险柜，起草了一个信用社的条例，并亲自担任这个信用社的主任，然后把同学中那些用不完的闲钱吸存过来，再把这些钱贷给有需要的同学。当时还有同学给我起了个外号，叫“红太阳”。这大概是 1985 年的事情。后来我还被评选为广东省的创造型学生。这是我人生当中获得的第一个广东省的奖项。

正是因为大学的这些经历，让欧阳焕文不断明晰自己的志向——要为社会大众谋幸福。只有为大众服务的时候，才能体现自己的价值。利他的同时，才能利己。这为他后来提出“德能教育”的人生总观念——利他就是利己，打下了很好的基础。

从政，就是为社会大众谋幸福的一个良好途径。欧阳焕文曾经想从政，和别人的动机不同，不是为了谋生，不是为了满足自己的欲望，而是自己立下的一种志向，要利于社会大众，要为广大人民谋取幸福，只有这样的人生才是圆满的。

欧阳焕文校长慰问孤寡老人，并为他们送上慰问金

13

大学毕业后，欧阳焕文当了老师。

毕业生从哪里来，回哪里去，是当时定向招生的规定；特别是边远山区，更是如此。所以当时尽管学校想让欧阳焕文留校，县里却不同意，最后欧阳焕文只有回到老家，在县城二中当了一名老师，教高二和高三的语文并任班主任。

那个年代，教师的社会地位是很低的。但欧阳焕文认为，他要重塑教师在学生和社会上的威望。欧阳焕文当时面对高二的一个班，是高一时连换三个班主任都还搞不好的一个班，三个班主任甚至被他们气哭了。班里很多都是从一中过来的差生。但欧阳焕文的第一课，就上了一堂班会课，他的态度非常强硬，并立下了许多规矩。之后，凡是他的课，不管是谁，一律严格要求，按立下的规矩处理。

那时的欧阳焕文刚毕业，年轻气盛，血气方刚，谁都不怕。有个学生不服班长的管理，还扬言说要捅死班长，欧阳焕文当场就宣布把他给开除了；还有一个学生，长期不认真上课，还老是打架，严重影响班里风气，欧阳焕文也把他开除了；到了后来，甚至连县委政法委书记的女儿，上课不认真听讲，还影响别人听课，欧阳焕文也对她停课一个星期！

在课堂上，欧阳焕文对学生的管理非常严格；但在课堂下，他和学生却走得很近，常常打成一片。当时的老师们都知道，欧阳焕文在教学上，是个非常认真、极其负责的人。比如，为了教好学生，凡是初高中所有的古文古诗，包括鲁迅的一些文章，只要是课本要求背诵的，他全都下死功夫背下来，要求学生背诵的，欧阳焕文自己先做到。所以，欧阳焕文上课，从来不带备课本，只带课本和两支粉笔，所有备课内容，全在课本里。

欧阳焕文当了两年的老师，因为表现突出，又被推荐到县里教育局办公室做文秘工作。两年后，他又被调到县政府办公室做文秘工作。一年多后，他主动提出要到基层去工作，于是，他又到县城所在地的阳城镇当了办公室主任。

之后欧阳焕文曾经在政府办的企业工作。在企业工作期间，欧阳焕文一有时间，就开始潜心研究中国传统文化，包括《老子》《庄子》《易经》等和儒家、道家的经典，常常通宵达旦，废寝忘食。欧阳焕文说，其实我一直痴迷于中国传统文化与道德的研究和感悟，从大学开始一直坚持，只是在企业工作这段时间集中研究和参悟而已。当时的经营不是很好做，所以我就干脆集中精力通宵达旦搞学习和研究。现在看来，这个过程是一个自我学习、自我感悟、自我提升的过程，它让我的思想和境界有了很大的提升。我是一个一贯注重实际、强调真才实学的人，对文凭之类的玩意儿没有兴趣。我认为搞学问的人，眼睛就不该盯着文凭。即便现在，我也秉持这个观点。

1996年，欧阳焕文正式调到广州工作，调到省经委，先后在广东省企业联合会和企业家协会任办公室副主任、副秘书长。这个协会是官办的，等于是省经委的一个部门，现在的国务院副总理张高丽当年就曾兼任过这个协会的会长。欧阳焕文在这里一待就是六年。

2002年，欧阳焕文就被调到省总工会，曾做秘书工作和研究室的副主任。利用这几年的工作时间，欧阳焕文再次沉静下来，边工作边潜心研究传统文化和道德。这为欧阳焕文日后的工作，打下了坚实的基础。欧阳焕文说，其实我们每个人的智慧都是一样的，为什么后来就不一样了呢？就是因为每个人发心和用心不同，专注程度不同；当一个人专注到忘我的境界之后，智慧就能出来，就什么都能学好了。

而欧阳焕文之所以潜心钻研传统文化，且能持之以恒，与他从小的立志有关。因此，在各种工作经历中，欧阳焕文一直没有改变过自己的志向：**通过为社会大众谋幸福来实现自己的人生价值；做人要做一个他人和社会大众需要的人，做**

事要做他人和社会大众需要的事；一个志向坚定的人，才是真正强大的人。因此，从 1995 年到 2005 年，10 年间尽管欧阳焕文经历了种种磨难，也有过无数次的人生选择，但他的志向从未有过改变。他常说："当国家、社会需要的时候，我一定挺身而出！"

2005 年 1 月，欧阳焕文临危受命，到广东省第二工人医院（现已更名为"广东省工人医院"，以下简称为"工人医院"）任院长。

欧阳焕文大学毕业后，先后干过 12 个单位，除了没当过兵，工、农、商、学等各行各业，几乎每一行都干过。这些经历对他胜任一个单位的一把手，打下了良好的基础。

然而，当时的工人医院自"戒毒所事件"曝光后，先是院长跑了，后来一位副院长苦苦支撑了两年，依然难以为继，工人医院处于瘫痪状态。那么派谁去收拾这个烂摊子、派谁去啃这块硬骨头呢？据说当时省总工会在机关考虑人选，并发动符合条件的机关干部报名时，没有一个人愿意去，或者说都害怕去，不敢去，因为谁都知道那是一个烂摊子！最后，组织考虑再三，决定让欧阳焕文去，因为"只有他才能压得住那种严峻的环境"，同时还要兼管黄埔卫校的工作，欧阳焕文毫不犹豫地服从了组织的决定。

第五章　校长是学校的灵魂

14

2005 年 9 月，欧阳焕文被正式任命为黄埔卫校的校长。

而此时的欧阳焕文，依然是工人医院的院长。也就是说，欧阳焕文既当院长，又兼校长；院长、校长一肩挑，医院、卫校同时管。

这样的安排，是为了两个单位资源共享。两副担子一肩挑，难度更大。

但是，当欧阳焕文看到单位的职工，尤其是那些刚大学毕业的新职工，他们可都是带着满心的期待来到这两个单位工作的，而老职工们，个个都是仅靠那一点微薄的收入养家糊口，如果单位发展不下去了，他们该有多失望？又有多少人会陷入生活的困境？

欧阳焕文又想起了自己的志向。为社会大众谋幸福，首先要从为自己的职工谋幸福开始！因此，再难也要把单位发展好！

这是欧阳焕文的脾气，也是欧阳焕文的性格。

接手黄埔卫校后，欧阳焕文才发现，他接手的这个黄埔卫校，严格说来，还算不上一所真正的卫校。

黄埔卫校当初筹建时，是从疗养院划出的60亩地。60亩地建校，地盘本来就小，其中还有三分之二是山坡林地；而这三分之二的山坡林地，按广州市绿地保护规划的规定，是不能搞建筑的。所以，留给黄埔卫校的实际地盘，实在小得可怜。

当然，最让欧阳焕文不堪忍受的，还是黄埔卫校的现状。

欧阳焕文上任后第一次到学校那天，正下着小雨。他独自一人打着雨伞，围着破破烂烂的校园转了一圈，内心顿时便有了一种悲凉之感。因为他亲眼见到的学校，的确像个传说中的“麻雀学校”，并且这个“麻雀学校”，还少了一对“翅膀”。校舍破破烂烂，窗子上的钢条锈迹斑斑，甚至有些地方还长满了青苔，比希望小学还差；本来就简陋的几幢教学楼，墙上不是窟窿就是洞，几乎没有一间房是像样的；全校教职员工，只有二十来人，即便这二十来人，也是情绪低落，得过且过；而在校学生，三个年级全部加起来只有五百二十几人，还稀稀拉拉，松松垮垮，完全感受不到朝气勃勃的青春气息；更可怜的是，学校几乎没有一分钱，连教职工的工资都发不出来。

总之，学校上上下下、里里外外，一副六神无主、朝不保夕的样子，总体感觉和医院一个样：落寞萧条，不成体统！

于是欧阳焕文当时就想：这样的学校哪像个学校，怪不得招不到学生呢；如果我是学生的家长，也不会把我的孩子送进这个学校！

15

欧阳焕文决定，首先解决黄埔卫校的招生问题。

黄埔卫校的招生问题，是个老大难问题。欧阳焕文接手卫校工作时，正是暑假期间，他很快发现，黄埔卫校一个很突出的问题，是招生数量太少！少到什么程度？自黄埔卫校创办以来，在校生从未超过 800 人！仅以 2004 年为例，黄埔卫校的招生数量只有 120 人！

这让欧阳焕文感到非常吃惊，甚至不可思议。一个学校没有学生，就像一个工厂没有原材料和产品，一个村庄没有农民，一支军队没有士兵，怎么能叫学校？简直是在开玩笑！

有一天，欧阳焕文把时任招生办主任的蒋启文叫到办公室。蒋启文刚一落座，欧阳焕文便开门见山，直奔主题，说，谈谈学校的招生情况吧！

蒋启文如实谈了谈学校近几年的招生情况，同时也强调了很多客观原因。

欧阳焕文听完后，不说话，只坐在那里，一次次地端起茶杯，大口大口地喝茶。

片刻，欧阳焕文站起来，一脸严肃，对蒋启文说，现在正是招生的时候，从今天起，招生问题由你全权负责。我不管什么原因，也不听什么理由，就一条，你必须给我找到更多的生源，招到更多的学生！无论有多大的困难，今年学校的招生数量必须比去年翻一番！如果做不到，你就不用干了！

欧阳焕文说完，起身离开办公室，留下了独自发愣的蒋启文。

蒋启文是学校的元老级人物了，自到黄埔卫校后，她每年都负责卫校的招生工作；但她每年费尽心思，每年都头疼不已。蒋启文非常清楚，卫校招不到学生，原因是多方面的，但最主要的原因，是黄埔卫校无论在软件还是硬件两方面，都远不如人。从多年招生的经验和经历来看，但凡有点出路的学生，或者有点办法的家长，都不愿来这个学校；即便那些进了学校大门的学生，大多也是靠学校花里胡哨的招生广告和她自己的三寸不烂之舌给忽悠进来的。所以，蒋启文听了欧阳焕文这话后，不仅备感压力，心里还很委屈。

但从欧阳焕文的眼神里，蒋启文不光看到了威严，也看到了某种坚定与希望。所以从第二天起，蒋启文便想方设法，动用各种关系，使出全身力气，开始投入招生工作。

经过一番艰辛努力，欧阳焕文上任后的第一次招生，即2005 年秋季招生，黄埔卫校一下就招了 265 人，比 2004 年翻了一番还要多！

当蒋启文把这一消息告诉欧阳焕文后，欧阳焕文很高兴。但欧阳焕文马上又对蒋启文说，明年招生，还得再翻一番！

结果，2006 年黄埔卫校的招生数量，又比上年翻了一番，招了 530 人！

当然，为了“翻一番”，蒋启文和其他几位招生老师可谓绞尽脑汁，费尽周折，甚至蒋启文的喉咙都喊破了，为此还不得不做了一个喉咙手术。

而欧阳焕文校长在狠抓招生工作的同时，又组织人力财力，加紧改建校区。

学校没钱，欧阳焕文就采取“空手套白狼”的办法，即搞所谓的“带资工程”。就是说，学校在工程招标的时候，便设定好一个前提：老板自己带钱过来做工程，等学校建好了，招到学生了，有钱了，再把钱付给工程老板。

欧阳焕文用这个办法，把整个校园重新改造装修了一次，并对学校做了新的布局，不仅把学校后面的一座小山推倒一半，利用推倒的场地重新建了一个宽阔而又漂亮的运动场，而且还在校门口把两棵芭蕉树，也设计成了孔雀开屏的造型。总之，欧阳焕文几经重重阻力和困难，把学校重新改建成了一个别具一格的花园式的校园。

于是，新学期开始后，老师、学生以及家长们一进校园，看到的是一个焕然一新的学校。整个校园，满目春色，错落有致，不仅教学楼得以扩建，学生宿舍也得到改善；而更重要的是，大家通过这些实实在在的改进和提升，不仅看到了学校今天的变化，还看到了学校明天的发展。因此，老师高兴，学生满意，家长放心，连省总工会也大力支持，很快给学校拨了 100 万元的建设资金！

接下来，欧阳焕文思考的问题是，黄埔卫校不同于其他中专，它是一所职业卫校。作为一所职业卫校，它的现实价值和社会意义究竟是什么？到底怎么办才最好？或者说，到底应该秉持一种什么样的办学理念，才是最佳选择？

黄埔卫校校园一角

欧阳焕文深知，一个学校办得好不好，关键是校长。校长犹如家长，是一校之主，是学校的灵魂，是学校的精神支柱。校长的办学思维，决定了学校的办学思维；校长的办学理念，决定了学校的办学理念；校长是个精英，学校就可能成为一个圣坛；校长是个草包，学校肯定就像一个地摊。

欧阳焕文毕业于师范院校中文系，当过中学老师，也在教育局干过教育行政，现在又是黄埔卫校校长，所以他不光与中国教育有缘，而且对中国教育的现状也很熟悉。他非常清楚，“中职学生不好教”，既是全国中职学校的老师们发自内心的一种感叹，也是他们多年来达成的一个共识。就拿黄埔卫校来说，欧阳焕文很快就了解到，目前在校学生的成绩，几乎都不好；即便成绩有像样一点的，也是个别学生。而究其原因，主要有如下三个方面：一是绝大多数孩子都来自落后的农村。因为落后，孩子上的学校都不好，其教育质量自然很差。二是绝大多数孩子的家庭都很贫困。因为贫困，父母被迫外出打工挣钱，孩子的学习自然没人管。三是部分孩子从小父母离异。因为父母离异，孩子从小得不到父爱或母爱，心理留有阴影，不仅会影响学习，还会影响成长。所以，这些孩子久而久之，最后就成了老师和同学眼里的后进生；等到高考时，因为分数上不去，就只有选择了黄埔卫校。

因此，如何把今天黄埔卫校的后进生，培养成明天社会上的优秀生，便成了摆在欧阳焕文面前的一大课题，也是横在欧阳焕文面前的一道坎。

但经过反复思考，欧阳焕文逐渐厘清了自己的办校思路，这就是，学校就应该回归教育的本原。换句话说，学校就是学校，学校要做的事，其实就是四个字：教书育人！

而教书育人，首先是育人，然后是教书；其次才是教什么书，育什么人，怎样教书，如何育人。

16

在欧阳焕文看来，今天的中国，可以说是什么都有了，有高楼、大厦，有汽车、飞机，有大炮、导弹，有军舰、核潜艇，还有氢弹、原子弹，可谓应有尽有，要啥有啥；但是，有一样东西似乎变得稀缺，这样东西便是——德！换句话说，中国现在不缺钱，不缺物，不缺温饱，缺的是德。

的确，道德是立国之基础，也是民族精神之内核。中华民族 5000 年来之所以历久不衰，道德的作用可谓举足轻重。

孙中山先生曾经说："有道德始有国家，有道德始成世界。"古人也说："人无德不立，业无德不兴，国无德不威。"

欧阳焕文校长与参加兴趣社团的学生交谈

而在《大学》中，对于“德”的论述更为详尽：“古之欲明明德于天下者，先治其国；欲治其国者，先齐其家；欲齐其家者，先修其身；欲修其身者，先正其心；欲正其心者，先诚其意；欲诚其意者，先致其知，致知在格物。物格而后知至，知至而后意诚，意诚而后心正，心正而后身修，身修而后家齐，家齐而后国治，国治而后天下平。”意思是说，古代那些要使美德彰显于天下的人，首先要治理好国家；要治理好国家的人，首先要整顿好小家；要整顿好小家的人，首先要进行自我修养；要进行自我修养的人，首先要端正自己的思想；思想端正了，然后完善自我修养；自我修养完善了，然后整顿好家庭；家庭整顿好了，然后国家方能安定繁荣；国家安定繁荣了，然后方能平定天下。这就是儒家传统知识分子尊崇的信条，概括起来其实就一句话：正心修身，齐家治国平天下。也就是说，在古人看来，从天子到庶人，都要把修养自身道德，作为立足之本。只有把自己修养成一个有道德的人，才能把家治理好；只有治理好家，才能治理好国家；只有治理好国家，才能治理好天下。倘若一个人自身的道德修养不好，齐家治国便无从谈起。

如果说知识是一种力量，那么道德更是一种力量，而且是能量！人生的幸福，事业的成功，社会的和谐发展，天地的风调雨顺，都离不开道德，甚至从某种意义上说，幸福和成功，就是道德本身。

遗憾的是，当今中国，拜金主义泛滥，功利主义横行，整个社会，物欲横流，无信可言。这正是道德缺失的表现。

因此，欧阳焕文认为，在世风日下、道德滑坡的当下中国，应该高扬道德的价值，提升人的尊严，尤其是作为以“教书育人”为本的学校，更应该大力弘扬以道德为核心的传统文化，加强对学生道德修养的培育，以防止学生坠入物欲泥潭而不能自拔。

黄埔卫校校园一角

第六章　践行《弟子规》

17

在德国古典哲学创始人康德的墓碑上，刻着这样一段话：

有两样东西，我对它们的思考越是深沉和持久，它们在我心灵中唤起的赞叹和敬畏，就会越来越历久弥新：一是我们头顶浩瀚灿烂的星空，一是我们心中崇高的道德法则。

而德国近代教育家、心理学家赫尔巴特，也曾经说过这样一段话："道德普遍地被认为是人类的最高目的，因此也是教育的最高目的。教育的唯一工作与全部工作，都可以总结在‘道德’这一概念之中。”

康德作为一个大哲学家，之所以要把这段话作为墓志铭刻在身后的墓碑上，足见他对道德的敬畏与敬重；而对道德的敬畏与敬重，其实是对宇宙普遍必然法则的一种敬畏与敬重，是对客观规律的一种敬畏与敬重。人作为宇宙中的一分子，作为万物中的一物种，一方面必然会不由自主地受到客观规律的支配，即他律；另一方面也必须受到自己道德意志的支配，即自律。因此，道德本性受到敬畏与敬重，无可非议，不容置疑。

而赫尔巴特先生关于道德的精辟论述，与欧阳焕文提出的“德能理念”和“德能教育”，其立意与题旨，应该说也是吻合的，而且二者有着异曲同工之处。

因此，在我个人看来，欧阳焕文提出的“德能理念”和“德能教育”，正是对道德的一种莫大的敬畏与敬重，是他立志要为社会大众谋幸福的一个途径，也是他要化解黄埔卫校这个“麻雀学校”的危机和突破中等职业学校生存困境的一把金钥匙。

然而，万事开头难。

如何针对学校面临的危机、职业教育生存的困境、当前社会道德缺失等一系列问题有效地开展德能教育？以什么为抓手开展德能教育？从何处入手才能将德能教育真正落到实处？德能教育开展些什么内容、按什么步骤开展？德能教育要从理念、理论、内容、方式、方法、步骤、目标上真正解决“什么是‘德’、为什么要有‘德’、怎样才有‘德’”的千百年来没有很好解决的道德教育的根本问题。这些都是在德能教育全面开展之前欧阳焕文不断思考和完善的问题。

到底先从何处着手呢？

经过深思熟虑，欧阳焕文选择了《弟子规》。

《弟子规》原名《训蒙文》，为清朝康熙年间的秀才李毓秀所著。《弟子规》在清朝广为流传后，被人们誉为“启蒙养正，教育子弟敦伦尽分、防邪存诚，养成忠厚家风”的最佳读物。它全文共360句，1080字，三字一句，两句一韵，是依据孔子教诲而成的一篇范文；全篇分为入则孝、出则悌、谨、信、泛爱众、亲仁、余力学文七个部分。《弟子规》具体列述了弟子在家、出外、待人、接物与学习上应该恪守的行为规范；通俗易懂，说理透彻，容易落实，很适合用于培养青少年的良好行为习惯。此外，《弟子规》以孝亲尊师、谨慎诚信、仁爱善良、天下为公等传统文化为内容，具体到日常生活工作中如何起居饮食，行为举止如何规范，既是做人做事的基本原则，也是立足于世的根本准则。

欧阳焕文儿时背诵《弟子规》时，只是死记硬背，对其中许多话的意思并不完全理解；后来长大成人后，有一段时间他又对《弟子规》做了研究，其中不少名句给他留下了深刻的影响。比如："泛爱众，而亲仁，有余力，则学文。"意思是说，博爱大众，亲近有仁德的人；有多余的时间和精力，就学习有益的学问。而且这些名句，欧阳焕文多年来一直铭刻在心，挥之不去。

因此，欧阳焕文经过再三考虑，决定"以孝道感恩为入手，以《弟子规》为抓手，以礼仪为外化"开展德能教育。首先，把《弟子规》作为开展"德能教育"的抓手。践行和落实《弟子规》，既是提升品德修养的重要途径，也是对一个民族美德的传承和发扬。具体说，就是先教育黄埔卫校的学生，做一个善良的人，做一个有礼貌的人，做一个行孝、感恩、奉献、利他的人。

18

2007 年 9 月 1 日，即新学期开学的第一天，欧阳焕文通知召开黄埔卫校中层干部会议。

学员们听欧阳焕文校长做《德能教育》的讲座

会议时间一到，欧阳焕文自己提着一个纸包走进会场，然后一边打开纸包，一边对老师们说道，“我今天给你们带来一份礼物。”

“礼物？”老师们露出诧异的表情。

欧阳焕文不动声色，拿出纸包里的书，分发到各位老师的手上。

老师们拿起书一看，是本薄薄小册子，上面印着三个醒目的字：弟子规。

“弟子规？”老师们面面相觑，不知校长何意。

欧阳焕文说，这本《弟子规》，是老祖宗留给我们的精神食粮。在很小的时候，我父亲就教我背诵过。这次我利用假期，又读了好几遍，我越读越觉得好，不仅很通俗，而且很有意义。所以，我今天把它带来送给大家，请各位先看看。

会议开始，首先由蒋启文副校长汇报学校的招生情况，然后欧阳焕文讲话。欧阳焕文说：

从2005年下半年到现在，我们用两年时间，把这个学校建设得基本像个家了，大家可以在家里边好好过日子了。但“成家”还要“立业”，这个“业”对于我们黄埔卫校今后的生存与发展，就是“品牌”。我们所处的是一个品牌时代，当今社会靠什么立业？就是靠“品牌”。虽然我们从“麻雀学校”的阴影里走了出来，但我们还是一只麻雀，只有麻雀变成凤凰了，凤凰就是品牌了，就没人瞧不起我们了。

我认为，办学理念是学校生存发展力量的源泉。办学理念一经形成，学校就有了方向。理念是一种无形力，无形可以等于无穷。理念就是人的灵魂的驱动。一个人要有理念，单位也要有理念；一个单位没有理念，就等于一个人没有灵魂；没有灵魂的单位就是死单位。所以从现在开始，我们要寻找自己的灵魂，要树立学校的教育理念，要明确办学的方向，要打出我们黄埔卫校的品牌！

我个人认为，我们无论做什么事情，观念是最重要的。比如，不少人都感叹西方的教育制度好，但西方的教育制度为什么会好？这样好的制度为什么会建立？建立后为什么又能顺利实行？人们却缺乏更深入地思考。其实，制度都是人建立的，好的制度之所以能建立起来，关键是制度的背后是人的观念在做支撑，而支撑这个观念的又是某种价值观。比如，因为我要为社会服务，所以我要上学；因为我要为社会和他人做好事，所以我自己首先要做个好人。这就是一种价值观。有了这种价值观，我们才会有做一个好人的观念；有了这种观念，我们才能确立一个好的教育制度。所以，价值、观念、制度，是一个层层递进的逻辑关系。

当然，我非常清楚，像我们这样的学校，如果办不出品牌，招生工作是非常艰难的。但是，学生一旦招进来之后，我们能不能在道德教育上作文章呢？能不能让这些进来的学生觉得自己没走错门？而且让他们毕业走出校门后，个个在社会上都成为响当当的人物？

这就是今天我要谈的教育理念问题。而具体到我们学校，经过反复思考，我今天在这里郑重地提出一个教育理念，这个教育理念就是“德能理念”，这个教育就是“德能教育”！

欧阳焕文说到这里，几位老师都愣了一下；接着，有老师轻声问了一句，什么叫“德能教育？”

欧阳焕文解释说：

德能，是道德的能量和能力，是做人做事的观念和能力，是世界上最大的能。德能教育就是做人做事的观念和能力的教育，是觉悟宇宙人生真理、提升道德素质的教育。

作为学校，我们不仅要让学生首先树立起一个“德能”理念，还要让他们真正懂得，德能是成就一切事业的根本和保障；德能和能力、成就成正比，德能越高，能力就越强，成就就越大。德能的力量是巨大的，无形的，是把人做好、把事做好的根本，是取得事业成功、人生幸福、社会和谐稳定发展的根本。所以，凡事要德能为先。

德能理念是明德理念，德能教育是明德教育，明德才有德，社会道德缺失的根源在于不明德。

但是，德能不是一个抽象的概念，不能空对空，它必须要有实实在在、丰富健康的内容，同时还要有切实可行、容易落实的措施。所以我想到了一本书，这就是你们现在手上拿到的——《弟子规》！

老师们这才恍然大悟。有几位老师还急忙翻看起来。

欧阳焕文继续说道：

无论什么学校，最根本的任务或者说职责，无非就是四个字："教书育人"。而区别在于，教什么"书"，"育"什么人。像我们这样的卫生职业学校，我认为，"教书"就是教给学生专业技术，即"技能"；"育人"，就是教育学生学会做人，做一个行孝道、知感恩、守礼仪、讲诚信、能成为社会大众需要的人，即"德能"。所以，我想把《弟子规》作为抓手，在学校开展"德能教育"！

欧阳焕文讲完了，老师们似懂非懂，散会时各自带走了一本《弟子规》；但欧阳焕文从他们的眼里，似乎并未看到应有的激动和热情。

对此，欧阳焕文并不在意，好像一切都在掌握中。

因为欧阳焕文心里非常清楚，几十年来，中国从小学到大学，甚至从幼儿园开始，"思想品德教育"，花样翻新，层出不穷，但却往往流于形式，收不到实效。思想品德教育是最令人头痛的。思想品德难教，谁都心知肚明，只是不愿说破而已。因此，在这样一种社会氛围下，他要在黄埔卫校打出“德能教育”的旗帜来，自然不可能一步到位，让人立马接受。这一点，他有清醒的认识和足够的心理准备。

第二天，欧阳焕文校长让办公室给全校每位教职员工都发一本《弟子规》；同时提出，全体教职员工不仅要读《弟子规》，还要背诵《弟子规》！

结果，大家拿到校长馈赠的《弟子规》后，和往常拿到千篇一律、司空见惯的政治读物一样，有的认真翻看阅读，有的随便翻了一下，老师们并没有宝物在手的感觉。后来我在采访中，有老师告诉我说，当时，他们并没有意识到《弟子规》的重要性，他们不知道《弟子规》与培养未来的白衣天使到底有什么关系？能起什么作用？起多大作用？

其实欧阳焕文校长也知道，那本小册《弟子规》发下去之后，不可能所有老师都能明白他的用意，立即去看、去背，甚至有的老师还会束之高阁，敷衍了事。

但欧阳焕文不管这些，因为做总比不做好！这是他的性格，只要他认准要干的事情，就一定要干到底，十头牛也拉不回来。

19

欧阳焕文如此坚持，并非空穴来风，更不是一时心血来潮，而是现实对他有过深深地刺痛。

有两件事情，在欧阳焕文脑子里一直记忆深刻。

第一件事，他看到一则报道，说有一个女中学生，高考前每晚都在学校强化补习，每晚爸爸妈妈都要到学校去接她。但就在高考前的头天晚上，当这个女生复习完后走出教室时，却没见到来接她的爸爸，而只见到了妈妈。妈妈告诉她说："你爸爸单位有急事让他出差了，临走时还让我告诉你，明天就要高考了，一定要集中精力，考个好成绩，等爸爸回来听你的好消息！"女生说："妈妈您就放心吧，我很有信心，等爸回来后，我一定会给他一个惊喜！"可女生考完最后一科走出考场后，也没见到多年来每天一直守候在学校门口的爸爸。直到她走到自家门口，才听到了妈妈极其悲痛的哭泣声。她推门一看，屋里的桌案上立着一个相框，相框上披着黑纱，披着黑纱的相框里不是别人，正是她的爸爸！她哭喊着叫了一声"爸爸！"便扑通一声跪在地上。原来，就在她高考前的头天晚上，她爸爸像往常一样骑着摩托载着她妈妈去接她，路上出了车祸。妈妈没事，她爸爸却受了重伤。为了不影响她高考，她爸爸坚决不让她知道出车祸的事，她妈妈只好打电话叫家人将她爸爸送去医院，自己一人来接她。而就在她高考这两天，她爸爸正在医院抢救，为不影响她的考试，全家人都瞒着她。可惜，她爸爸最终抢救无效，还是离开了她，临死前也没见到她一眼，更不知道她是否考上了大学；而她，虽然可能考了个好成绩，却永远失去了疼她爱她养育了她 17 年的爸爸，而且在爸爸临终前也没见上一面！

第二件事，黄埔卫校开学不久的一天，欧阳焕文刚进校门，就见一个可能是入学不久的女生，在他前面一边走，一边嗑着瓜子，还把瓜子壳随手扔在了地上。恰在这时，学校打扫卫生的阿姨看见了，便过来把地上的瓜子壳扫进簸箕里。可这个学生走一路嗑一路，瓜子壳也就扔了一路。后来阿姨看不下去了，便忍不住说了一句："同学，你这么随便扔瓜子壳，我哪扫得干净啊！你能不能不往地下扔啊！"这位女生回头看了一眼，很不屑地说："你不就是一个扫地的吗？你管得着吗？再说了，我不扔，你没垃圾扫，不就失业了吗？"阿姨生气了，扫帚一丢，说："失业就失业，我宁肯失业，也不愿侍候你这样的大小姐！"欧阳焕文急忙走过去，叫住学生，指着扫地的阿姨说："如果她是你的妈妈，你也会这么说吗？"

这两件事，都是真实的。每当想起这两件事，欧阳焕文的心里就会隐隐作痛，甚至有时眼里还会涌出泪花。因为这两件事看似屡见不鲜，见惯不惊，却都与中国的教育直接有关，留给他思考的东西太多了，也太沉重了。欧阳焕文思考的是，中国不仅是个有 13 亿人口的泱泱大国，还是一个有 5000 年历史的文明古国，可到了现代，尤其是今天，为什么不仅学生变得如此脆弱，家长也变得如此脆弱呢？数十年来，全国所有的学校几乎年年月月都在搞“思想品德教育”，国家每年都要投入大量的人力、物力和财力抓精神文明建设；但搞是搞了，抓也抓了，实际结果为什么总是收效甚微？可以说从小学到大学，教育的功能不是软弱的问题，而是无能的问题！那么教育之道究竟何在？教育通向学生的心灵之门到底在哪里？怎么才能自由打开？

正是在这样的思考中，欧阳焕文想到了《弟子规》。虽然《弟子规》问世已有数百年，但在欧阳焕文看来，其字里行间，始终隐含着一种穿透古今、超越时空的无形能量；而这个无形的能量，正是他多年来一直在感悟的“德能”！

于是，欧阳焕文决定，自己先给全校教职员工讲一堂公开课。

欧阳焕文校长在广州医科大学卫生职业技术学院做《德能与立德——德能教育就是立德树人的教育》的讲座

20

2008年的一天，公开课上，欧阳焕文校长单刀直入，直奔主题，他说：

我知道大家在怎么想，大家甚至还会想，你欧阳焕文是不是不懂教育和卫生业务，为什么强调把一本《弟子规》搬过去搬过来的。老师们，不错，我们是一所职业卫生学校，不是什么大学的政治系、管理系，学生们进来的确是来学技术的，但我为什么提出“德能教育”？为什么要把“德能”放在教育的首位？我们这些搞教育的，首先要明确一个人类社会生存最起码的概念，这就是：技是能，德更是能，而且德能比技能更重要！德能是道，技能是术。有德时，术就是道；无德时，术就是术，是雕虫小技！

我们在座的各位，都是教育者。什么是教育者？教育者，教书育人也，但育人是前提，只有把人做好了，才可能把事做好。这个社会有很多事在等着有人去做，但有些人每天都在做好事，而有的人却每天在干坏事。所以我们要教育学生，首先从观念上认识对与错、真与假、美与丑，真正懂得怎样做人做事。这才回到了教育的本原。

我们推行“德能教育”的教育理念，就是要让教育回归本原。说实话，这些年来我很为我们的教育心疼。我们的教育在改革开放中动作最大，但是外国好的东西没学到，自己老祖宗的东西又丢了，结果是在向畸形发展。现在培养的学生，基本上是科技与文化知识的，学校只教书，不育人，学校成了知识传习所；只片面追求考试分数，追求升学率。大家想想，人都没有培育好，学到的那点技能有什么用呢？人都不像个人，学到术来做什么？我们看到的那些大学生杀父母、大学生自杀的事件，难道我们不为教育的结果而心痛吗？

我说一句有点耸人听闻的话：现在的社会不缺钱，不缺温饱，就缺德！所以，学校的教育，不能再做缺德的教育！学校要缺什么补什么，缺什么教什么！而我们这些当老师的，就是要做补德的工作，不能再一窝蜂地跌进教育的怪圈里。大家不要认为我把《弟子规》作为德能教育的重点教材是小题大做，教育不能空对空，尤其是思想道德教育。我们过去的思想道德教育不能说不对，也不能说没下功夫，可效果如何？大家都明白。我认为不成功的原因，就是把思想道德教育悬在了半空中。

教育必须有载体，我认为《弟子规》就是一个很好的载体。也许有人会说，《弟子规》是不是太简单了？难道过去那么多政治课、德育的教材，就真的不如《弟子规》这本薄薄的小册子吗？不错，《弟子规》看起来是很简单，但往往很多最简单的东西恰恰是最复杂的，最高深的；而最复杂的、最高深的往往又是最朴实的，比如很多深刻的真理都是最朴实的，也是最简单的，大道至简，只是我们对这些最简单的东西没有搞明白而已；一旦搞明白了，这些简简单单的东西就能救活我们人类！

比如，《弟子规》开篇就说：“弟子规，圣人训，首孝悌，次谨信。”意思就是说，《弟子规》是圣人的教诲。首先一点，就是要孝敬父母，友爱兄弟姊妹；其次要谨言慎行，讲求信用。大家可以想想，一个人如果对父母都没有孝心，怎么可能对社会有爱呢？怎么可能对国家尽忠呢？百善孝为先，对父母的孝，是德根人本。如果一个人连起码的孝心都不具备，其他一切都无从谈起。所以，我希望大家从践行《弟子规》这本小册子开始吧！

欧阳焕文的这堂课，获得了台下阵阵掌声。

可以说，经过欧阳焕文两三年的理念教育和在各种场合的德能理念教育，教师们的思想意识已经开始不断地根植德能和德能教育的有关理念，也已经可以背诵并用《弟子规》教育学生。师生的幸福感正不断地提升。只是，德能教育的教育体系，还需要更进一步地完善。

第七章　做，总比不做好

21

时间转眼到了 2010 年。

在这一年的暑假中，欧阳焕文满脑子思考的，几乎还是四个字："德能教育"。

经过校领导班子的共同研究，欧阳焕文决定在黄埔卫校成立一个德能科，专抓德能教育。

欧阳焕文把时任办公室主任的荣爱珍叫到办公室，直截了当地说："'德能教育'提出来已经三年了，虽然取得一定的成效，但我觉得还需要更深更广地推广。从这个学期起，我打算新成立一个德能教育科，专抓德能教育。这个德能教育科的科长，我建议就由你来当。”

荣爱珍一听，就有点蒙了。

荣爱珍毕业于江苏常州卫校，毕业后留校做了老师，后因爱人在广州工作，从常州调到了广东，进了黄埔卫校。荣爱珍待人诚恳热情，工作上很能干，充满活力，而且非常热爱教师这个职业，调到黄埔卫校工作几年后，当上了办公室主任。当了办公室主任的她，工作努力，多年下来，轻车熟路。可她万万没想到，欧阳焕文校长突然要成立一个什么“德能科”，还要让她换岗？

采访中，荣爱珍告诉我说，她在卫校当办公室主任，虽然杂事多，事务性强，但毕竟自己做了多年，非常熟悉，做起来驾轻就熟，没有压力；而“德能科”，她连听都没有听说过，根本不知道该怎么去开展，如果还是用过去“思想品德教育”那一套，那新成立“德能科”又有什么意义呢？再说了，自己是卫校毕业的，社会科学方面的底子本来就薄，对传统文化了解不多，理解更不深，若是换了岗位，工作做不好，怎么办？

的确，自从欧阳焕文校长2007年提出“德能教育”，在过去的三年里，黄埔卫校的招生一年比一年好，年年都因为招生工作取得第一名而受到省教育厅的表扬。成人教育的工作创建校之最，学校的在校生人数已经突破了4000人。学校的各方面都在朝着好的方向发展。毋庸置疑，这是一个很好的理念！

然而，对于怎么全面深入开展“德能教育”，以及用《弟子规》去要求学生的日常行为规范，仍然是一项全新的挑战。何况，个别老师重专业轻德能的思想仍然存在。因此，当学校方面提出，由荣爱珍担任德能科科长时，荣爱珍感到前所未有的压力，无从下手，没有方向。

欧阳焕文从荣爱珍的脸上，一眼就看到了为难，也看出了不解，但这并不影响他的决心。欧阳焕文对荣爱珍说，德能教育虽然是一个很好的理念，但如果你们这些老师的认识没有跟上，“德能教育”又怎能落到实处呢？教育的关键是老师，所以我现在下定决心，先从老师队伍抓起；只要老师们的认识到位了，学生教育的问题就会迎刃而解了。我已经想好了，我们不仅要成立一个“德能科”，还要完善“德能教育”的理念、理论、内容、方式、方法、步骤和目标等，变被动为主动，从根本上扭转现在这个局面。

但荣爱珍还是有些不解，说，过去学校德育课也搞得不少，但效果都不是很好，现在又要搞“德能教育”，这和传统德育有什么区别？

欧阳焕文说，“德能教育”与传统德育的区别在于，传统德育只重视品德规范的教育，不重视明德教育，不明德，品德规范就做不到！而德能理念是明德理念、德能教育是明德教育。德能教育要以“三抓三为”开展。抓理念、抓明德、抓做到；以孝道感恩为入手，以《弟子规》为抓手，以礼仪为外化。德能教育就是明德教育，而且更加注重于“在家、出外、待人、接物、为人、处事”等日常生活中去培养和提高人们的道德素质，从受教育者的现实生活、现实存在出发，引导人们进行道德实践，将道德渗透到学习、工作、生活之中，最终让更多的人净化心灵，拥有高尚的道德人格。

荣爱珍见欧阳焕文校长决心已定，不敢再推辞什么，便说了一句，我只是担心自己做不好。

欧阳焕文说：你要记住，开展“德能教育”，做，总比不做好！做多，总比做少好！

谈话结束后，欧阳焕文还为荣爱珍推荐了不少书，像《了凡四训》《道德经》，还有《大学》《论语》《六祖坛经》等。

22

那么，欧阳焕文为什么要搞“德能教育”呢？

采访中，荣爱珍老师告诉我说，开始，我对欧阳焕文校长提出“德能教育”并没有真正意识到有多么重要，后来我在开展德能教育的过程中越来越感受到了德能作为一种真理的力量，德能教育的重要性。我们中职学校的学生，在中学生当中是弱势群体。由于应试教育，老师们更多关注成绩优秀的学生，进入中职学校的学生多半是中学时期学习成绩不理想，在学校不受老师重视，在家里也是经常受到家长指责、批评。长此以往，孩子们就会丧失信心，自暴自弃，破罐破摔。如果我们学校再不去关爱、帮助、教育这些孩子，他们就有可能会对父母冷漠，对亲友冷漠，走出校门后对社会冷漠，甚至有的还可能步入歧途，这是非常可怕的事情；加上此前学校的教育只重视教书，而缺乏育人，或者说并不完全懂得应该怎么去育人。所以，欧阳焕文出任校长后，下决心要搞“德能教育”。

他山之石，可以攻玉，为了更好地开展德能教育。黄埔卫校首先把部分中层干部和担任“德能教育”的老师，带到国学教育开展得比较好的省内外的学校参观学习，回来后对卫校的“德能教育”实施方案，作进一步的充实完善。

这样一来，老师们的压力非常大，为了能在新的一年按计划开展相应德能教育活动，全校老师几乎牺牲了 2010 年的寒假。在这个假期中，老师们根据学校的安排，不是查资料、

“德能教育”专家荣爱珍老师到河北授课

读经典，就是看视频、听讲座；同时还要学习《弟子规》，背诵《弟子规》，并写出学习《弟子规》心得体会。

在欧阳焕文的要求和亲自安排下，黄埔卫校德能教育专门增设了一门课——《弟子规》课，即每周有一到两节《弟子规》经典课堂，由老师专门讲解《弟子规》的深刻内涵，并引导学生在日常学习、生活中践行弟子规。其目的很明确，就是要让《弟子规》尽快普及全校，深入人心。

学生们早诵经典晚反思

23

蒋启文副校长说，学校开展德能教育后，学生入学后上的第一堂课就是孝道感恩课。说实话，开课之前，我的信心不是很大；但之后我发现效果确实很好，不管是什么样的学生，过去怎么调皮，如何不听话，听完课都哭了。因为这样的课，找到了人性中最软弱最容易情感共鸣的部分。

欧阳焕文校长在各种场合多次强调，“百善孝为先”，孝道感恩是做人的资格，是做人的根本。以孝道感恩作为德能教育的突破口，打破了传统德育“容易流于形式、收不到实效”的弊端，人们既乐于接受，又容易产生共鸣和情感深化，达到了良好的教育效果。欧阳焕文校长就是看准了这一点，所以对学生的心灵，一下就有了触动。

与此同时，在全校开展《弟子规》学习、背诵竞赛活动；开展《弟子规》学习征文大赛。不仅要求全校师生要学习、熟背《弟子规》，而且要求保安、清洁工等勤杂工也要学习甚至背诵《弟子规》。其具体安排是：

1. 全校各个班级学生，每天早上诵读10分钟《弟子规》；

2. 每天课间操时，全校统一做自编自创的《弟子规》韵律操；

3. 各班级分别开设礼仪和形体课；

4. 每月开展一次与《弟子规》内容相关的主题班会；

5. 定期开展校际大型活动，老师们要深入到家庭，与学生家长进行互动。

此外，学校还特意安排了一些“特别节目”，将日常管

学生家长们在课堂听课

理、课堂教育、活动渗透相结合。比如，围绕《弟子规》，以自编的《弟子规》韵律操代替多年沿袭的广播体操；让学生轮流值周，戴上礼仪绶带，向来来往往、进进出出的老师和同学们行礼问好；开设形体课、礼仪课，让《弟子规》在一举一动中均有呈现；要求学生们每天写反思日记，老师批阅并给予指导；组织丰富多彩的德能教育主题活动，如“良好礼仪塑形象，一言一行显素质”“孝亲敬长，感谢有您”等，通过活动引领感化每一位学生。

于是，只要一踏进黄埔卫校的大门，每天从早晨到晚上，从开始到结束，都能听见同学们诵读《弟子规》的琅琅声；甚至走在校园里，空气中仿佛都弥漫着一种特有的文化气息。虽说黄埔卫校校园确实很小，本校区校园面积不过 60 亩，但奇怪的是，每当我走进学校，却并不觉得学校小，相反有一种宽大的感觉。那么这个“大”，大在哪里呢？细细一想，原来大在内涵，大在文化，大在德能。

比如，校园里那些随处可见的“标语”。在中国，标语早已成为一种很时髦的政治文化，且遍布城镇，流行全国。但标语和标语的区别在于，有些地方，用得很俗，甚至很滥；而有些地方，却使用得体，显得文雅。

黄埔卫校，属于后者。

学生们在做《弟子规》操

黄埔卫校办公楼

24

我第一次走进黄埔卫校，校园里最吸引我的，便是墙壁上、教室里以及教学楼、宿舍楼台阶上的那些“标语”。

我这里说的“标语”，其实不是标语，而是被老师们称之为校园阶梯文化的“温馨提示语”。这些“温馨提示语”被书写在每一栋楼的每一级台阶上，白底红字，俯首皆是，句句经典，发人深省，而且按照主题，分为好几类。

比如《修德篇》，共有 18 条，这 18 条是：

黄埔卫校综合大楼

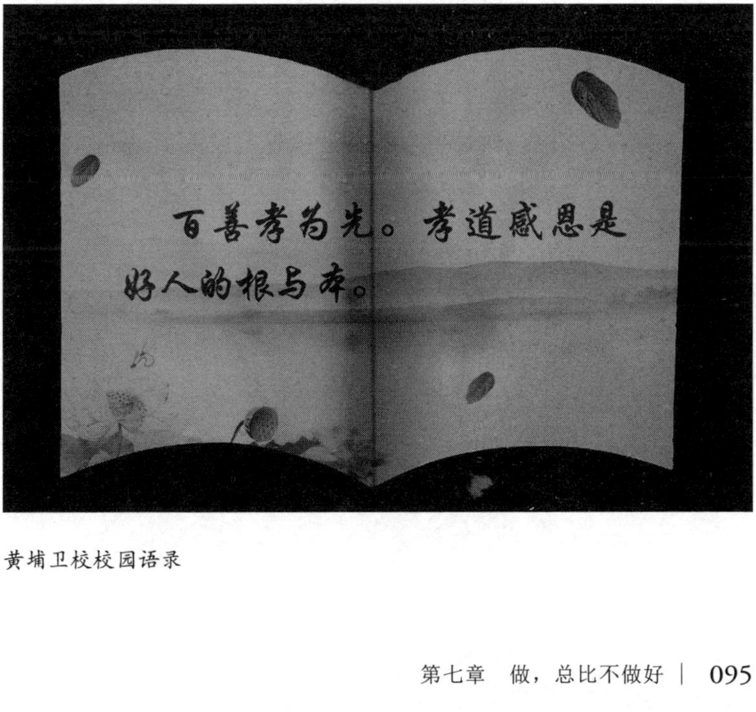

黄埔卫校校园语录

1. 欲修其身者，先正其心，

2. 欲正其心者，先诚其意。

3. 芝兰生于幽林，不以无人而不芳。

4. 君子修道立德，不为穷困而改节。

5. 高行微言，所以修身。

6. 君子之守，修其身而天下平。

7. 修其本而末自应。

8. 兰芳不厌谷幽，君子不为名修。

9. 修身以不护短为第一长进。

10. 己所不欲，勿施于人。

11. 富贵不傲物，贫贱不易行。

12. 学苍竹到老虚心留劲节。

13. 敬苍松久经风雨不知寒。

14. 君子之行，静以修身，俭以养德。

15. 非淡泊无以明志，非宁静无以致远。

16. 少成若天性，习惯成自然。

17. 凡建立功业，以立品为始基。

18. 习勤忘劳，习逸成惰。

比如《学习篇》，一共 18 条，这 18 条是：

1. 课堂听课须收敛精神，专注敬听。
2. 举手发言，须起立站好。
3. 边听边记，切忌浮躁。
4. 不在书本上乱涂乱画。
5. 习练书法须专心致志，耐心体会。

……

比如《行为篇》，一共 24 条，这 24 条是：

1. 问路于人，须随即称谢。
2. 途次有人问路，须详为指示。
3. 见失意人，不说得意话。
4. 见老年人，不说衰丧话。
5. 长者与物，须两手奉接。

……

此外，在校园其他一些地方，也书写了一些《弟子规》

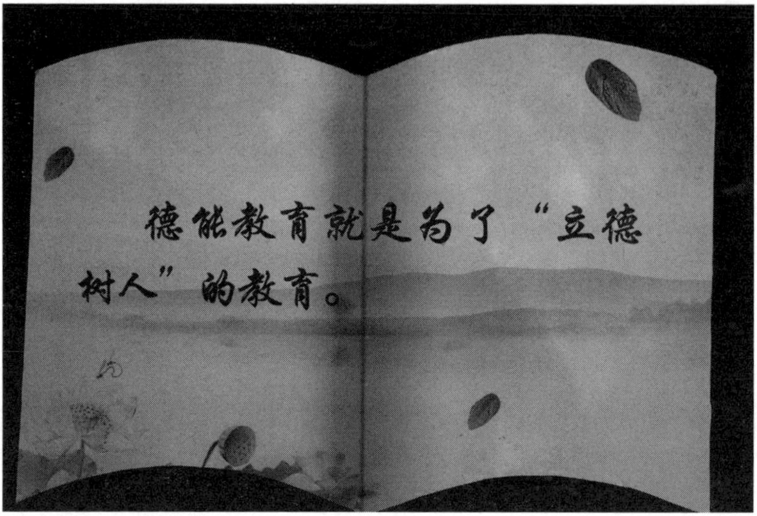

黄埔卫校校园语录

的名句，并对这些名句加以注释，让人一目了然，便于理解。比如：

1. 父母呼　应勿缓　父母命　行勿懒（意思是说，父母呼唤，应及时应答，不要拖延迟缓；父母交代的事情，要立刻动身去做，不可拖延或推辞偷懒。）

2. 父母教　须敬听　父母责　须顺承（意思是说，父母的教诲，应该恭敬地聆听；做错了事，受到父母的教育和责备时，应当虚心接受，不可强词夺理。）

3. 冬则温 夏则清 晨则省 昏则定（意思是说，冬天寒冷时提前为父母温暖被窝，夏天酷热时提前帮父母把床铺扇凉；早晨起床后，先探望父母，向父母请安；晚上伺候父母就寝后，才能入睡。）

……

我曾做过统计，在全校的阶梯上，这些“标语”大概共有一百多条，乍一看像是一种装饰，其实是一种文化。每当看见这些“标语”，我很自然地便会想起中国许多关于“德”的话来。比如：“修身为本，德教为先”“己所不欲，勿施于人”“己欲立而立人，己欲达而达人”“尽人事，知天命”“善有善报，恶有恶报”“但行好事，莫问前程”，等等。

欧阳焕文告诉我说，其所以要把《弟子规》的警句写在每个台阶上，写在每一面墙上，就是要让每一个学生，无论是抬头还是低头，不管是走路还是驻足，都能看见《弟子规》，都能想起《弟子规》，从而让《弟子规》像一面镜子，时时刻刻，处处事事，映照着每一个孩子的一言一行，同时也映照着每一位老师的一言一行。不仅让《弟子规》成为一本教材，更要让《弟子规》成为每个孩子人生道路上的一本必备之书。

当然，欧阳焕文也坦言，背诵经典条文，三岁的小孩都会；但真要实践起来，可能 70 岁的老翁都会觉得难。

第八章　德能，是世界上最大的能

25

为了更好地抓理念，抓根本，让全校师生们更好地领悟《弟子规》的精髓，加深对“德能教育”内涵的理解，欧阳焕文决定做一场关于“德能教育”的专题报告，题目就叫《德能教育与〈弟子规〉学习的重要性》。

报告会这一天，卫校第五教室座无虚席。报告开始后，欧阳焕文先起身敬礼，然后侃侃而谈。

各位老师同学，大家好！

在座的很多都是教师，有的还是从事了几十年教育工作的教师。我今天先讲一个问题，什么叫“教育”？

“教育”这两个字，如果拆开来，就是“教书”和“育人”两个方面。但我们往往把“教育”只理解为“教书”，比如把“教师”通俗地戏称为“教书匠”。其实，“育人”不等于“教书”，“教书”也不等于“育人”，因为“育人”比“教书”更重要。

这种提法虽然以前就听校长提过，但老师们还是很有兴致，因为欧阳焕文校长的见解总是精练独到。

具体到我们黄埔卫校来说，因为我们学校是一所中专职业学校，所谓“教书”，其实就是技能教育；但“育人”则不同，它是“德能教育”。那么究竟什么是“德能”呢？

接下来，欧阳焕文对“德能”的理念又作了更进一步的阐述，他说：

“德能”即道德的能量和能力，是做人做事的观念和能力。

德能是世界上最大的能。

"德"和"能"是一不是二。

德是道，道德一体，德是道的起用、回归和外化。"道"与"德"之间是起用关系。"道"是起，"德"是用。"德"是"道"的起用。从最通俗的意义上来讲，"德"可以理解为"舍"，也即"舍就是德"。而"品"又是"德"的起用。倘若一个人要见"道"，可以从培养"德"开始，培养"德"，又可以从培养"品德"开始。品德是一个人的思想、语言、行为规范。道德教育和品德教育是有境界和层次上的区分的，道德教育不等于品德教育，品德教育就是道德教育的最基本层次。

舍是德。方便地说"舍"是德，有舍就有德。德就是得，有"舍"就有"德"，就有"得"。大舍大得，小舍小得，不舍不得。"舍"有两种，一个要对他"舍给"，一个要对己"舍掉"。"舍给"是要给别人利益，要利他，要把好东西都给他人。这个"他"就包括社会，包括他人，包括自然界，包括国家，包括世界，要利他。"舍掉"是把自己错误的知见、观念、习气舍掉。最大的舍并不是首先"舍给"，而是"舍掉"。最根本的就是要"舍掉"，"舍掉"是"舍给"的前提和根本。只有"舍掉"错误的观念和不良习气，才会坚定不移地去"舍给"。

“舍给”分为三种。第一种是舍财物。舍财物就是把自己有的财物，拿出去帮助他人，帮助社会大众。财物又分内财和外财。内财是指自己的体力和能力。真正的钱财物是属于外财。第二种是舍自己的知识技能和智慧。也就是把自己懂的知识、技能教给别人，把自己领悟到的人生智慧传授给他人，而且这种舍是不图回报的。第三种是舍安乐和正能量。也就是说，当别人遇到危难、困难或者灾难时，即便你帮不上忙，也可以去安慰、开导他，用你的内心、语言、行动给他带去一种战胜困难的信心和决心，让他把糟糕的心情转过来，获得安宁、快乐和正能量。这个就是存好心的舍。这三种“舍”就是培养品德的源泉。存好心是根本的舍。因此，我们要时时刻刻都存一颗为他人好的心。

接着，他又对“德能教育”的理念进行了阐述。概括起来，有以下要点：

德能教育就是运用德能理念进行的明德教育，就是做人做事观念和能力的教育，是觉悟和树立正确的思想观念，提升道德和做人做事能力的教育，是开发和汇聚社会和大众正能量的

教育，是以为实现中华民族伟大复兴“中国梦”而忘我工作、无私奉献为目标的教育。

德能教育通过“三抓三为”，即抓理念，抓明德，抓做到；以孝道感恩为入手，以《弟子规》为抓手，以礼仪为外化，充分结合理论和实际，系统、全面地对学生开展教育。

德能教育特别强调观念的教育。观念决定一切，观念一错，一切皆错。改变观念才能改变命运，所以观念很重要。树立正确的人生观念本身就是改变命运和获得成功幸福人生

学生们的课外活动

的秘诀。德能教育首先是为了修正观念的教育，通过修正错误观念从而修证到正确的观念，就是使大家明白宇宙人生的真理，树立正确的人生总观念的教育。

最后，欧阳焕文又着重谈了为什么要进行“德能教育”的问题。他说：

德能教育始终把“培养一心为他的人”作为德能教育的最终目标。其中，这个“他”不单是指帮自己的他人，而是指“我”以外的一切人、一切事、一切物，“为他”就是为一切人、一切事、一切物。

“利他就是利己”是德能教育正确的人生总观念。它也是改变命运和获得幸福、成就人生的秘诀。利他才能利己，助人才能助己，成就别人的同时才能真正成就自己。

推行德能教育，不是为了推行一种学问，而是为了推行一种理念，一种智慧，一种能力，一种能量。德能教育是明德教育，通过明德回归我们本有之道德。不久前，国家首次提出教育的根本任务是“立德树人”，德能教育就是为了“立德树人”。推行德能教育，就是培育和践行社会主义核心价值观的具体实践，可以挽救世道人心，从根本上利于社会大众，增强国家软实力。

黄埔卫校部分老师合影

欧阳焕文的这次专题报告，取得了震撼性的成效；教师们的信心都被鼓舞起来了。大家开始在思想上变得统一，开始将德能的理念作为自己的人生信念，开始领悟“利他才能利己”的道理，开始研读《弟子规》……

人心的合聚，使得黄埔卫校变得空前团结，凝聚力大大增强。

26

德能教育的落实还要依靠广大教职工。为了深入理解德能教育，使德能教育真正成为全体教职工的人生指南，学校开展了一次又一次的教师培训和德能教育研讨会。

教师培训从讲解《弟子规》开始。先由学校讲授《弟子规》课的优秀老师给全校教职工培训。授课老师们既感到十分光荣，又深感压力重大。为了全面、清晰又通俗易懂地给老师们讲《弟子规》，授课老师们精心准备，认真备课，精心设计制作课件。经过老师们的授课，在学校教职工中普及了《弟子规》，同时更掀起了《弟子规》学习的热潮。办公室里常见到老师们在研读《弟子规》，不少老师还将《弟子规》全

欧阳焕文校长和老师们利用节假日加班讨论课题

文印在一张纸上，有空时就背上几句。

老师们在学习过程中感受到了学习《弟子规》的极大好处。张莉老师说，她把《弟子规》带到了家庭，和儿子一起背诵、学习。以前她只关注儿子的学习成绩，要求儿子考试一定要达到多少分，考到班级多少名；学习德能教育和《弟子规》后，她更多的希望儿子学会做人，做一个有德之人。儿子会背诵《弟子规》后，各方面的行为表现也发生了很大变化，自己会按照《弟子规》中的要求去做，出去或回到家都会告知父母一声，不让父母担忧。而在学习上反而更加自觉了，他知道了努力学习也是孝敬父母的行为表现。

《弟子规》告诉我们，做人首先要孝敬父母。很多老师会身体力行去做。张钦海老师的母亲患病住院，他下班后即使再晚，也要去医院陪陪老母亲。他说，母亲年龄大了，说不定哪天就离开了我，现在我能多陪她一天就是一天。所以周末他不是带着母亲出去旅游，就是带母亲出去吃饭，让老人家开心。

孝敬父母不仅是对自己的父母，还包括别人的父母。在学习《弟子规》后，传统观念中难相处的婆媳、翁媳关系，很多老师都说得到了改善。学校的年轻教师多，很多老师因工作繁忙，请来公公、婆婆帮忙照顾小孩。三代人住在一起，因为生活习惯的不同，有时难免发生矛盾。一些女老师谈起以前在带孩子的问题上和婆婆产生分歧，心情十分激动，婆婆坚持己见自己就会很伤心，感觉和婆婆很难相处。但自从学习《弟子规》后，特别是德能教育告诉我们“利他就是利己”，自己试着站在婆婆的角度想问题，拓宽自己的心量，女老师就发现自己和婆婆的冲突减少了，甚至没有了。为了家庭关系更和睦，还想着办法让婆婆开心。婆媳二人一同上街购物，很多售货员还以为是母女。女老师们分享和家人相处的秘诀，都说是德能教育和《弟子规》改变了自己，让自己变得心气平和，让自己学会了将心比心、宽以待人，从而也

蒋副校长（左一）和家长交流学生情况

有了和谐、幸福的家庭关系。

老师们感受到德能教育的强大能量后，他们更愿意把德能教育的观念教给学生，把德能教育的正能量传递给可爱的孩子们和身边的人。

27

黄埔卫校的学生，是德能教育的最大受益者。

学生来到学校读的第一本书是《弟子规》，第一堂主题班

学生们在课堂上

会课是“孝道感恩”，学唱的第一首感恩歌是《孝敬父母》。

处于青春叛逆期的学生，很多人来校前很少与父母深入交流，甚至从未向父母说过“爸爸、妈妈，我爱你们，谢谢你们”之类的话；他们的世界每天几乎被手机、被网络完全填满，很多时候不是低头刷着“朋友圈”，便是忙着“评论”或者“点赞”。他们成天迷恋甚至沉醉于网上乐园，却忘了身边最亲爱的人。

2011 级 16 班有一名来自湛江的同学，刚入学时她是一个比较内向、很不起眼的学生。班主任洪晓旋老师没想到她会在“孝道”主题班会发言。她说，她来学校之前的那个暑假，跟她爸爸闹了矛盾，整个暑假父女都没有说过一句话，甚至爸爸亲手把生活费交给她的时候，她都没有叫一声爸爸。来到学校后，她唱了第一首感恩歌曲《孝敬父母》，读了第一本书《弟子规》，参加了关于“孝道”的主题班会，这深深触动了她的心灵，于是主动打电话向爸爸道了歉。后来，这个学生每个星期都会主动打电话给爸爸，父女关系有了很大改善。

像这样的例子，在黄埔卫校还有不少。2013 级 1 班陈燕芬是一名曾辍学的女孩子，在社会上打工几年后才又重返校园；她的家庭条件比较困难，爸爸打散工，妈妈是一名保姆，两人微薄的收入要供养家中几个小孩。2007 年的时候，她就初中毕业了，但父母为了让妹妹、弟弟读书，让她放弃学业出去打工挣钱。她本来十分爱学习，成绩也不错，本以为可以继续读书，父母的决定让她十分伤心。她非常痛苦，甚至有一段时间很痛恨父母，怨恨他们没有本事挣更多钱，给孩子们更好的成长环境，却生育了好几个子女。她带着怒气远离家乡外出打工。在外面的这几年，她很少与家人联系，只是定期把钱寄回家里。

在外闯荡几年后，家里的弟弟、妹妹逐渐长大，经济条件也稍微好了些，她拿着自己打工积攒的钱到黄埔卫校读书。能够再次踏进校园，重圆读书梦她十分珍惜。黄埔卫校的一切让她感到新奇与激动！而校园里最让她震撼的是要学习《弟子规》！诵读着这一千多字，理解着它的意思，她的思想开始起了微妙的变化。特别是第一堂孝道感恩主题班会上，老师播放了一段《天堂的午餐》视频，告诉同学们“树欲静而风不止，子欲养而亲不待”，孝敬父母要即时！这样一段视频，让她哭红了双眼！她开始反思：自己对父母的冷淡是不是不孝？！

过了几天，家里来了电话：妈妈重病住院了！妈妈得了子宫瘤，要做手术。得知这个消息，她请假后急匆匆赶到了医院。见到躺在病床上的妈妈，那么瘦弱、那么憔悴、那么苍白，她的心都碎了！她跪倒在妈妈病床前，哭着喊道：妈妈，我一定要治好您！您一定要好好活着！

她拿出打工时的所有积蓄，同时向亲戚朋友借了一笔钱，给妈妈交了手术费。结果，妈妈非常幸运——手术非常成功！

为了减轻父母的负担，同时尽快帮助家里还债，她利用假期在外打工。白天，她在快餐店帮人送外卖，不管是大雨滂沱还是赤日炎炎都要骑着自行车，把快餐及时送到客人家里，稍微晚了一点还要被客人埋怨，回去了还要挨老板批。晚上她又去做给餐馆打扫卫生。虽然日子过得很苦很累，但这一次想到是为了家人，再苦再累她也无怨无悔地撑下去……

在家里她还帮助爸爸种果树。每天 5 点左右，她就和爸爸一起上山去种果树。有时候爸爸先上山了，她就留在家里做好早餐带给爸爸吃。爸爸在吃早餐的时候，她又会拿起锄头接着锄地。她只想让爸爸少做一点不用那么辛苦。爸爸在山上劳作一天换下的衣服，她都会把它刷得干干净净。晚上，她还会打水给爸爸冲凉，帮他按摩肩膀。爸爸因为太累了，会在她的按摩中睡着。这时候，她更加体会到父母的不容易，体会到他们的辛苦。想想自己以前不懂事，因为无法继续上学读书而怨恨父母，真是太幼稚了！做父母的又会有谁不想自己的儿女过得好呢？！可怜天下父母心呀！

28

她，无父无母，却懂得感恩，感恩一切。

感恩是发自内心的，感恩需要用心去体会，也需要实际行动去报答。接受德能滋养的卫校学子，他们懂得了“孝敬父母，学会感恩”。在父母劳累后递上一杯茶，在他们生日时递上一张卡片和一句祝福，在他们生病时奉上一句问候和关心。感恩父母，哪怕是微不足道的事，都能使他们感到欣慰。

学生家长们参加学校德能教育开放日

感恩不仅仅是对自己的父母，还包括身边的一切人、一切事。“滴水之恩，当涌泉相报”，德能教育教导每个同学做一个知恩图报的人。

2013级13班赵彩送是一个孤儿。了解她身世的同学都知道，她在很小的时候，因为父母想要个男孩，被父母抛弃了，是一位老奶奶领养了她。和赵彩送同学交流，我原本担心她会不肯说，但交谈中我丝毫没觉得她内向、胆小，反而感到她非常阳光，非常乐观，她的身上洋溢着一种热情。她说，这是德能带给她的正能量。

领养她的奶奶对她很好，她和奶奶相依为命。当很多与她同龄的孩子还在父母怀里撒娇的时候，她已经学会做家务了：每天提着水桶去河边洗衣服，放学回家后，起火做饭、烧水洗澡、喂鸡喂鸭，然后等着奶奶回来一起吃晚饭。放假的时候跟着同村的哥哥姐姐上山砍柴。她知恩图报，孝敬奶奶的故事班主任常在班里讲，并成为班里同学们学习的典范。

现在奶奶年纪大了，没能力抚养她，便让她跟着表哥表嫂一家生活。她只要回到家，就会帮忙照顾表哥表嫂的小孩，帮忙做家务。而每个周末，她都会抽时间去探望奶奶，陪奶奶聊聊天，帮奶奶洗衣做饭，和奶奶上山砍柴。奶奶只要看到她回来都会很兴奋、很开心。

赵彩送说，原本我只知道要对领养我的奶奶好，所以做很多力所能及的家务。在黄埔卫校学习后，我懂得了孝顺长辈是为人本分，做人要懂得感恩。我感恩生命中的一切。有人问她，对抛弃你的父母也感恩吗？她说，感恩包括伤害自己的人，虽然父母抛弃了我，但是他们给了我生命，让我看到了这五彩缤纷的世界，我当然感恩他们！

看到侃侃而谈的赵彩送，你能感受她或许是不幸的，但她又是幸运的，因为在她的成长过程中，很多人给予她关怀和温暖。德能教育更是提升了她的思想，改变了她的心态，她会像一株坚强的太阳花，永远微笑，愈发灿烂！

29

2014 年 9 月，班主任洪晓旋老师接手了 14 级 17 班。这是一个高中班，学生多数是一些高考落榜生。

第一次见到方泽新，前来报名的他悠然地站在几个姐姐后面，一副与我无关的模样。姐姐们在前面紧张地问这问那，帮他搬行李、拿资料，他却在后面若无其事地东张西望。他是一个看起来很内向很不修边幅的男生！当时班主任心想：又是一棵难搞定的班草！果不其然，当别人都好奇地了解学校的情况时，他无所谓；当别人都积极地参加学校的学生组织，只有他似乎傻乎乎的什么也不懂；当别人都按时到班上参加活动的时候，他却是姗姗来迟。他的表现令班主任很失望。但是班上只有两名男生，班主任对自己说：绝不放弃他们！于是，开始找他谈话，了解他的情况。只是他都不怎么开口，很多时候谈完话后老师还是觉得眼前的这个男生，依然很陌生，并没有走近他。

学习《弟子规》韵律操，他很敷衍地对待每个动作，老师就站在他的后面，还嘱咐助班，多给他一些特写；不积极参加活动，老师就偏偏每一次都点名，要求他参加；不主动参加班干部竞选，老师就通过他的同桌影响他，让他加入了卫生保健部。老师在班上开玩笑说，我们班上仅有的两名男生，要为我们班的女生撑起一把大伞。他一点一滴的进步都被老师用放大镜放大，渐渐地他比开学的时候笑容多了，也更加积极了。

有一次，他又迟到了，恨铁不成钢的老师在班会课上很不给面子地批评了他。在那天的反思日记里，他用那潦草难看的字，写下了对老师的不满。他说：老师，我一直都在努力，虽然表现还是不怎么样，但你怎么总是没有看到我的进步，你怎么都是看到我不好的呢？我跟别人不一样，我的习

学生通过每日两操，将《弟子规》内容内化于心、外化于行，并塑造了良好的仪态

惯也不是一天两天就能改的，我要慢慢改的，你不能对我要求太高。

老师把他约到了办公室，问他：你需要多长时间，你的慢是要多久？时间老师可以给你，可是别忘了，那是你自己的时间！你可以给自己找各种理由，但是别活在过去！你如果继续你的坏习惯，那你跟过去的自己，又有什么不一样？！老师看到了你的进步，你都已经向前跨了一小步，如果你不继续向前，对别人来说，你这一小步又能让大家改观多少？他沉默了，这一次的沉默和以前不一样。

确实老师也看到了他的努力和进步。但是，他并不能持之以恒，甚至还有后退的现象。他一直以为自己比以前有进步，已经非常了不起了，所以并不在意那些小错误。因此，老师几经思虑，还是决定不给他面子，让他知道他的进步其实是微不足道的。在老师的用心良苦下，他一步步改变了。

入学的时候，他高考成绩 245 分，在班里是倒数第二个；11 月份，他成人高考成绩 246 分，在班级遥遥领先。他在卫生保健部的工作也越来越积极。

在学期末最后的一次班会课上，老师要求同学们分享自己的成长故事。习惯于沉默的他，还是没有主动报名。老师点名要求他参加。被逼无奈，他只好参加了。

班会课上，他拿着笔记本上台，有些颤抖，同学们笑着叫他班宝，他有些不好意思地笑了。大家以为他的角色就是搞笑的，没想到，最后让大家掉泪的，却是他那真实的故事。

他说，记忆深处，有这么一件事情，让他不敢直视。孝道感恩主题班会，让他勇敢地面对了这件不愿意提起的事情。那是高中的时候，有一天凌晨，他和两个朋友在外面飙车。就在一个转角，一辆大卡车突然出现，让他们顿时不知如何回避。两辆车狠狠相撞，刹那间，他血流满地。他拿起手机，第一个想到的是朋友。他打了几个电话告知朋友他出车祸了，可是没有人问他是否需要帮忙。时间一秒秒过去，他等不到朋友的出现。这时候，他才想到了家人。他无奈地拨打家里的电话。接电话的人是他妈妈，他轻声地说，妈，我出车祸了。他妈妈问了一句你在哪里，便放下了电话。电话被挂断那一刻，他以为他妈不要他了，他以为他妈对他已经失望透了。他再次拿起电话打给姐夫。他知道宠爱着他的姐夫无论他做什么都会原谅他的。很快，姐夫就到了，帮他叫了救护车。慌忙中，他听到一个熟悉的声音在叫儿子，人影中，他看到满头大汗的妈妈踩着单车向他奔来。原来，他妈并没有抛弃他。

他说，他有太多后来才知道的事情，让他万分后悔。比如，车祸的时候，妈妈一听到消息就扔下电话踩着单车去找他；在医院，知道他注重形象，为了不留疤痕，妈妈要求医生无论如何都要用最好的技术，用最好的药，哪怕钱是一家家借来的；还有高考失败后，他不愿意去打工，妈妈希望他继续读书，爸爸不同意，打了妈妈一顿，说这个儿子是废的：小学三年级打同学，四年级打老师，初中雇人打学校的主任，逃学、离家出走，什么坏事都有他。这样的儿子，还养他干嘛。他妈妈哭着说，我把他带到这个世界上，我就要对他负责任。除了妈妈，其他家人对他并不抱希望，甚至已经放弃他了。

所以，他跟父母的关系冷如冰窖，就这么浑浑噩噩过了十几年。来到学校之后，才知道自己应该感恩，才知道孝敬父母是如此重要的事情，才知道做一个好学生是多么光荣。

国庆放假的时候，他先去了姐姐家里，让姐姐教他做饭。第二天回家后，他要做一顿饭给妈妈吃。他在厨房做菜，他妈妈却躲在房间里哭。那一顿饭，是他吃得最难忘的一顿饭，因为父母的眼神充满欣喜！他说，德能教育让他知道错在哪里，让他知道应该怎么做，也让他告别那个过去令家人抬不起头的自己。

听完他的成长故事，老师、同学都泪流满面。大家仿佛听到了花开的声音，原来花是开自灵魂深处，尽管静谧，但却能打动人心。

方泽新的故事让我们看到了黄埔卫校老师们在教育学生中所付出的心血，在学生一次次犯错后，老师没有放弃，而是用心教育，耐心等待，拳拳之心，终于等到花朵绽放时的美丽。在黄埔卫校这所校园，有德能教育的滋养，那些曾经游离在令人失望甚至绝望边缘的孩子，被感化了，他们蜕变了，成长了。

学生毕业宣誓仪式

30

德能播撒到哪里，哪里就凝聚力量。走进黄埔卫校的校园，学生微笑迎人，鞠躬问好，翩翩学子风度让人如沐春风；教师敬业爱岗，笑容亲切，儒雅的教师风姿不失为一道靓丽的风景。

采访黄埔卫校的老师，让我感触最深的，是老师们身上焕发出的一种新奇的力量。

迎接学生家长们到校

靳小辉老师是一个高个子女老师，北方人，说话温柔动听，普通话更是十分标准。听老师们说，她在学校每一次的德能教育文艺展示中，都饰演班主任的角色，她的表演十分真实、自然。与靳老师交谈，她说自己只是一个普通的医学专业课老师，也从未学过表演，学校安排她演节目，她觉得非常荣幸，自己没有多少表演技巧，只有一遍遍练习。当她所参演的节目获得嘉宾及学校师生的一致好评时，靳老师谦虚地说道，每次德能教育文艺展示能够成功举办，台前幕后的老师们都付出了很多心血。我作为学校一分子，只是尽了自己的力量。在准备文艺展示中，舞蹈老师会为了一个舞蹈细节反复讨论到深夜；演员们为求最好的表演效果，会拖着疲惫的身体一遍遍地排练；宣传信息科的同事们为了做更好效果的视频会通宵加班，彻夜不眠……

靳老师说，所有老师都这么努力，我也应当为传播德能教育贡献自己的一份力量。所以每次排练时年幼的儿子没人带，就跟着一起排练，有时排练到凌晨两三点，儿子也只能两三点才睡觉。所有努力都是为了把演出质量提高再提高，细节完善再完善。而在演出过程中，看到观众因为感动流下的泪水，看到大家重视了德能，自己就分外高兴。

靳老师不仅在戏中是一名好班主任，在实际生活中更是

师生同台参加文艺表演

一位“妈妈式的好班主任”。2010 级 3 班的同学，曾在校过了一个难忘的冬至。那年冬至节不是周末，同学们不能回家与家人团圆，情绪都有些低落。

靳老师看在眼里，思索着怎样能缓解大家的思乡情绪。后来她自己出钱买了十来斤鸡腿和鸡翅，在家人的帮助下用半天时间煮好，下午放学时带到学校分给同学们。3 班同学吃着香喷喷的鸡腿和鸡翅，心里充满着一种说不出的温暖和满足。

师生同台参加文艺表演

31

黄埔卫校的学生经过三年德能教育的熏陶，综合素质大大提升，毕业走上工作岗位后，也到受用人单位的高度评价，得到更多用人单位的关注和信赖。有些医院甚至高度评价说黄埔卫校的学生综合素质比一些本科的学生还高！

暨南大学附属第一医院护理部主任陈伟菊说：我们医院的护理工作是全省一流的，对护士要求高。招中专的护士，我只招黄埔卫校的。黄埔卫校的学生素质比很多大学生都好。

广东药学院附属第一医院科教科主任姚丽说：黄埔卫校在教《弟子规》这一方面非常有成效，学生在敬业和对待老师、同学方面，整体素质比很多高学历的本科生还要高！

广东省工人医院护理部主任张小红说：黄卫的学生最好用！因为她们道德素质高，技术好，肯吃亏，有奉献精神！

2012年毕业的吴梅，现是广州市某医院的一名普通护士，用她的热情和行动，践行着“行孝、感恩、奉献、利他”的德能教育八字真言，兢兢业业地为护理事业作出了积极贡献。

学校组织学生们开展实习活动

从踏入社会的那天起，吴梅就把自己的青春和命运交付给了护理事业。在校三年的德能教育，朗朗上口的《弟子规》吴梅一直谨记于心。她说：做一名白衣天使，就要用无私的奉献为患者架起生命的桥梁，我要在奉献利他的同时不断地成就自己的人生……这成为她日后事业追求的指南针。

妇产科是吴梅工作的第一个岗位。这是一个圣洁而又不易被人了解的“禁地”。面对那些身肩两条生命的孕产妇，吴梅的心灵深处始终感受到一种沉甸甸的压力：产妇的紧张、焦虑需要安慰和解释，胎心的变化需要随时监测、及时处理，更可怕的是：大出血、子痫、DIC，随时都有夺去孕产妇生命的危险，必须时刻警惕危险信号的征象，真正做到化险为夷。“心有疑，随札记，就人问，求确义”，为了做好这份工作，遇到不懂的问题，她虚心请教，坚持多看多做多练，把别人闲扯的工夫用在钻研业务上面，只要有空就留在科室观摩，只要有机会就动手实践。她坚信“宽为限，紧用功，工夫到，滞塞通”，吴梅很快就进入角色，并成为同行中的佼佼者，经常得到护士长和患者的表扬。

2013 年，妇产科收治了一位严重尿漏的病人。由于家庭贫困，加之疾病的长期折磨，患者蓬头垢面，满头虱子，臭气熏天，医护人员给她进行治疗时，家属都不愿伸手协助。“凡是人，皆须爱，天同覆，地同载”，见此情景，吴梅在护士长的带领下，满腔热情对待病人，主动为病人洗头灭虱、擦澡，并从自己家里拿来换洗衣服，用真诚的言行影响和感化患者家属，连科室的医护人员都深受感动，主动为病人捐款捐物，不厌其烦为病人进行基础护理。随后，吴梅和护士长一起为这位特殊的患者制定出科室的护理计划，使患者顺利手术并康复出院。

深受患者喜爱的黄埔卫校毕业的学生

吴梅常说，护理岗位不仅要会做事，首要的是会做人。因为德能与技能并重，德能为先，做好人是做好事的前提、根本，而要做好人首先就要有德能，德能越高，成就就越大。她用责任和爱心去化解护理工作中的苦、脏、累，多次被家属和同行传为佳话。在急诊科上班时，一天深夜，一位有机磷农药中毒者被家属送来，中毒很重，生命垂危，她快速插管、洗胃，忙得手脚不停，病人呕吐的秽物溅到自己身上也全不在乎，硬是将其送入内科病房，并协助当班护士为病人输液、给氧、留置导尿，直至病人脱离危险，她才放心离开。

护理工作虽然平凡、辛苦、琐碎、艰辛，但是，她将一如既往地用心、用爱、用微笑为病人注入永远的光芒和希望。

吴梅只是黄埔卫校千千万万毕业生的一个缩影，像这样的人还有很多很多……他们在黄埔卫校所受的德能教育，已成为人生重要的烙印，德能成为他们的灵魂。他们也将用德能来泽被身边的人和事。德能是世界上最大的能，德能光耀社会。

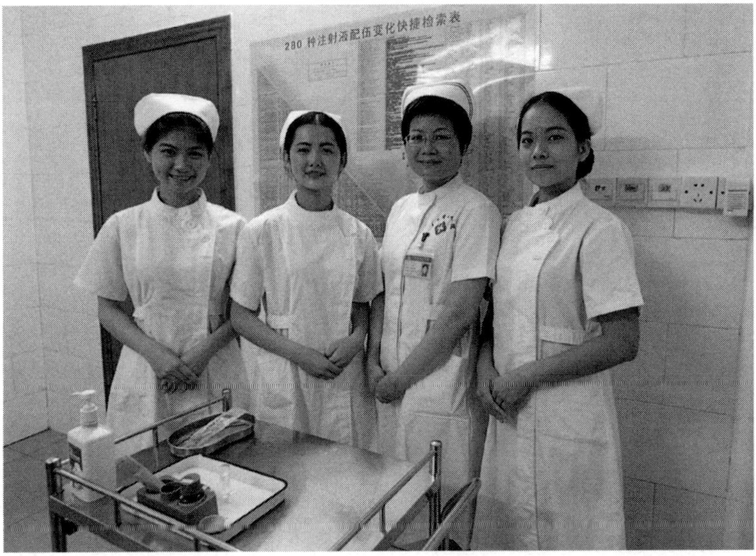

黄埔卫校实习生与医院护士长合影

第九章　有德能，还要一专多能

32

近一二十年来，人们对中国的教育，众说纷纭，意见很大，且越来越大；教学质量也未能达到预期的效果。那么究其原因，到底是什么导致中国的教育落到今天这个地步呢？

原因当然是多方面的。这既有体制上的弊端，又有教改中的问题；既有历史的后遗症，也有现实的传染病。但其中有一点，在我个人看来是很致命的，也是我们必须正视的，不可回避的，这就是，自1949年以来，中国的教育始终把政治教育放在第一位，而忽视了对人的基本教育；或者说，只偏重于政治思想教育，而忽略对学生技能（专业）的培养。

本来，政治与教育，是两个不同的概念，但在我们几十年的教学中，却常常政教不分，或者说政教分不清，有时竟把政治等同教育，甚至用政治取代教育；而在对待思想教育与技能培养的问题上，也是重前者而轻后者，甚至压根儿就没把后者当回事——前者总是非搞不可，后者常常可有可无——从而忘记了教育的本质到底是什么。于是在对学生的教育中，常常片面强调政治思想教育，而忽视甚至无视学生的技能培养。这样培养出来的学生，除了满脑子华而不实的政治概念，实际做事的技能几乎是个空白，尤其是对中职学校的学生来

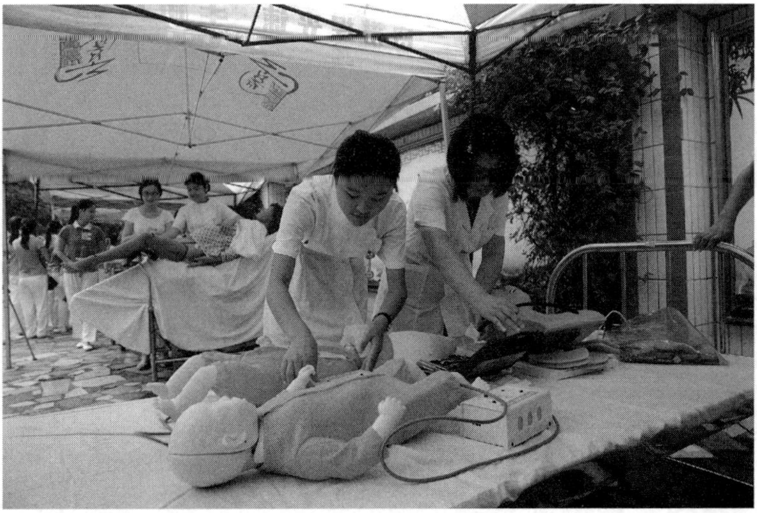

学校组织学生们开展实习活动

说，这是最忌讳，也是最致命的。

对此，欧阳焕文校长有着清醒的认识。他认为，作为一所真正的学校，不能光是强调学生的道德修养，还必须培养学生在某一方面的技能。否则，学校的教育就是片面的，毕业后的学生也肯定是不健全的。于是，在开展“德能教育”的过程中，欧阳焕文经过反复琢磨思考，针对黄埔卫校的具体情况，又对“德能教育”的内涵作了具体地阐述，他说：“我们强调德能，并不是否定技能，而是德能与技能并重，德能为先，一专多能，培养适应社会和卫生事业需要的实用型人才。因为知识和各种技能是为社会大众服务的工具，学生除了良好的德能素质，还要具备必要的知识和满足某些岗位需要的技能。否则，毕业后就不可能真正成为适应卫生事业和社会大众需要的人才。”

欧阳焕文的这个观点，实际上是提出了一种新的办学理念，这个办学理念既对“德能教育”作了最好的诠释，又为“德能教育”确定了具体的目标。

也就是说，欧阳焕文提出的“德能教育”这个概念，并非一个孤立的概念，而是相对于技能而言的。如果光有德能，没有技能，就像一辆汽车，只有前轮，没有后轮，一旦上路，即使不是人仰马翻，也会左右摇晃，跌跌撞撞。

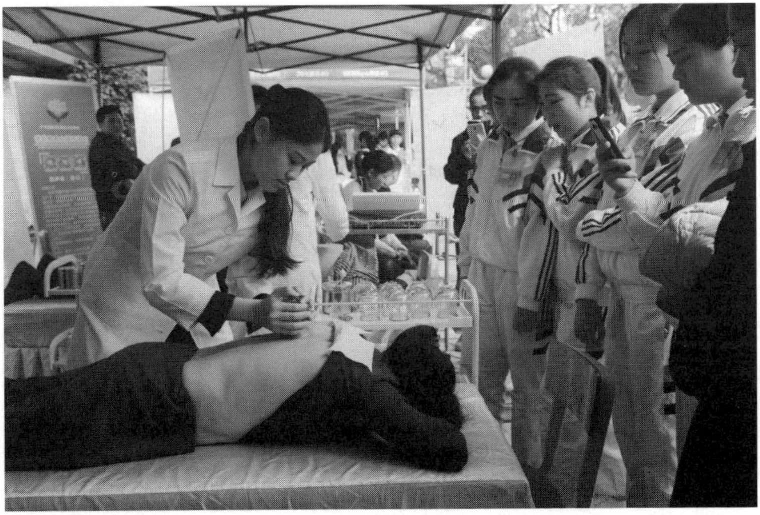

苏雪芳老师在给学生们做示范

因为在欧阳焕文看来，任何一所学校培养的学生，只有德能、技能同时兼备，毕业后才能真正服务于社会，造福于人民。尤其是像黄埔卫校这样的学校，是以培养医护人才为己任的中职卫校；倘若走出校门的学生连最基本的专业技能都不具备，即便有再高深的德能，于他人于社会，又有何用？

难怪我在采访中发现，黄埔卫校在开展“德能教育”的过程中，始终坚持把德能放在首位；而与此同时，学校又相当重视对学生技能的培养。即是说，作为黄埔卫校的毕业生，

汤文智老师在指导心理咨询社的同学们

不光要有德能，还必须要有技能。

这是为什么呢？

33

其实，欧阳焕文提出的“德能为先，一专多能”的办学理念，并非空穴来风，而是与中国社会的特殊背景和黄埔卫校的历史教训有关。

有资料显示，国外的不少医院里，一般都是一个医生配两名护士；但中国目前的现实情况却是，一个医生连一个护士都配不上，只能配到 0.98 个护士。

这一数据说明，中国的医院对护士的需求量是非常大的；而且随着社会的发展，病人的不断增多，医院的持续扩建，全国各地的医院对护士的需求，将会越来越大。

问题是，事实上很多医院又非常缺少护士。

这是为什么呢？

采访中我了解到，造成这一现象的原因，主要有以下三个方面：

一是护士这个职业得不到重视与尊重。

在国外，护士是很受尊重的，比如美国。美国护士的社会地位很高，和医生一样受人尊重。护士不附属于医生，是个单独的职业。事实上，医院都是护士在管理，医生获得的一切病人的信息和动态变化，都是由护士直接提供的。美国曾连续八年在一项“诚实度和伦理度”调查中，护士始终占据榜首。调查单位罗列了 23 个与民生息息相关的职业，询问人们对这些职业“诚实度和伦理观”的看法，结果被人们称为“白衣天使”的护士受到最广泛的尊敬，80% 的受访者认为护士的职业道德“高”，或者“非常高”。

走访中，一位护士曾告诉我这样一个小故事。她说她在美国工作时，有一天看到一个美国护士往一个空调修理公司打电话，说："我是一名护士，我家的空调坏了，请你们过来给修理一下，好吗？"她当时听了差点儿笑出来了，心想你一个护士算个屁，何必要显摆一下自己的身份呢？但她万万没想到，空调修理公司很快就来了人，非常客气地为这位护士修好了空凋。她这才知道，原来护士在美国人的心目中居然有这么高的社会地位。难怪有美国人士说，如果你想在美国从事一个最受人尊敬的职业，那就请选择当一名护士。

再比如德国。德国的护士同样处处受到人们的尊敬。据德国阿伦巴赫研究所有关职业声望的长期民间调查结果显示，医生和护士是德国社会最受人尊敬的职业。比如 2013 年的一组数据显示，76% 的受访者认为医生是最受人尊敬的五种职业之一，紧随其后的是护士和警察，其受欢迎度远远高于教师、大学教授、律师和公务员；而在另一次"德国最受尊敬的职业"的民意调查中，排名第一的是"赴汤蹈火的消防员"，紧跟其后的就是"白衣天使"。而且，在德国社会，一种职业是否受人尊重，与收入没有关系。在德国的医院里，病人们都称护士为"女士"或"先生"。走进护士办公室，总能看到病人出院时给护士的各种卡片和小礼物；尤其是一些身患绝症的病人，还会要求护士陪他们度过生命的最后时刻，走完人生的最后一段旅程。因为他们与护士建立了深厚的友谊，完全出于对护士最诚实的依赖与尊敬。

但是在中国，这个号称文明的古国，护士却普遍未能得到应有的重视与尊重；不但难以获得应有重视与的尊重，甚至有的护士还会遭到患者或家属的辱骂和殴打。走访中，黄埔卫校的护理老师翟颖就告诉我说，她有一个朋友在英国当护士，这个护士的先生和儿子都因为自己有个当护士的妻子和妈妈而感到骄傲，并且连这个护士的邻居也因为能与一位护士做邻居而感到自豪。可在国内，她却体会不到社会对护士有多么地重视与尊重，而且她的不少做护士的朋友也和她一样，同样体验不到社会对护士有多么地重视与尊重。

二是护士的工作非常劳累辛苦。

在国外，护士与病人的比列一般是 1∶1，或者 1∶2。也就是说，一个护士只照看一个病人或者两个病人。比如德国的护士，一般每周只上三天班，每班 12 小时，加班还能获得双倍工资；此外护士还可以边工作边进修，有良好的职业前景。

但在中国则大不相同，翟颖告诉我：中国的护士与病人的比列，一般都是 1∶6 或 1∶7；到了晚上则是 1∶60 甚至 1∶70，因为夜班一般只安排四个护士。也就是说，白天一个护士要照看六七个病人，到晚上值夜班，一个护士就要照看六七十个病人。而且上夜班一般都是从晚上10点，到翌日清晨8点，整整10个小时。在此期间，既要查药、查房，还要打针、输液，如果遇上有急救病人，还必须帮忙抢救处理。好不容易熬到翌日凌晨6点，又要开始忙着给病人抽血、量体温等。等这个夜班熬下来，第二天休息一下，第三天又开始下一个班了。常年如此往复，自然身心憔悴，疲惫不堪。

三是护士的工资收入相对较低。

国外的护士，年薪一般都在40万人民币左右。比如德国，一个注册护士的年薪在30万到50万人民币之间。而即便这样一个收入，在德国也只能算中等以上水平。再比如新西兰，一般的注册护士年薪约25万人民币，资深护士则可拿到30—40万人民币。广州医学院护理学院党委副书记卢穗华说："在国外，护理属于高要求、高回报的职业。我在美国马里兰州访问时了解到，当地的医生年薪约为二十多万美元，而一个骨干护士年薪可达16万美元。护士与医生的收入差距并不大，一个护士几乎可以养活全家人！"

但中国的护士，一般的医院月薪平均约六七千元，护士的收入也算中等甚至中等以上水平了，而且相对也很稳定，但与国外相比，就显得实在有点寒碜了。

基于上述几方面的原因，所以不少人都不愿意当护士，或者开始当了护士，后来又改行了。

黄埔卫校就是最好的一个例子。

走访中我了解到，在黄埔卫校过去毕业的学生中，部分学生也许会从事与护士、医学无关的职业。譬如，有的去了银行；有的去做了销售；有的去卖服装；总之与护士这一行隔了十万八千里。

蒋副校长告诉我说，她受刺激最大的一次，是前几年在市区一个卖手机的小店铺里，她碰到了一个她教过的学生。学生一见她就说，老师您好，您还记得我吗？她一看就是黄埔卫校的学生，非常惊讶，说你怎么在这里？怎么不去当护士，卖起了手机？那个学生告诉她说，她刚开始是在一家医院当护士，但当护士太辛苦了，经常加班，加班都加成“熊猫眼”了，后来就不干了，但又不想待在家里吃闲饭，所以就出来卖手机。她当时感到太可惜了，觉得学校的老师辛辛苦苦教了她三年，结果她毕业后却干了与护士毫不相关的工作。于是蒋副校长就对她说，你不一定非要在医院当护士，也可以在幼儿园或者学校这些地方做保健老师呀，这些地方也不用你上夜班。你在大街上卖手机，离护士这一行也太远了！那个学生叹了口气，对她说，唉！算了吧，还是卖手机省心，一下班，门一关，啥也不管。

护理老师翟颖告诉我说，学护理专业的人，改行的人其实很多，甚至还有不少人都到国外去当护士了。为什么要去国外当护士呢？在国外当护士不光很有面子，很有尊严，而且还很有成就感。因为国外的护士是有处方权的，一般医生很少在医院上班，一般都是护士在管理病人。

而另一位已经出国的女士告诉我说，她当年在中国时，就不愿意当护士，报考大专护士班的时候都是父母替她报的名，非让她去考不可，结果考上了军队一所大专护士班。但后来她还是不愿当护士，就想办法脱离临床，去了图书馆，主要原因是当护士得不到最起码的尊重。2000 年她考上了美国护理学院，攻读护理硕士学位，这才真正感到美国的护士是一个很令人尊重的职业，也是一个可以充分发挥个人才能的职业。所以，她现在完全改变了观念，愿意当一辈子的护士。

其实，在中国的卫校毕业的不少学生不愿做护士工作，还有一个让人一想起来就难免会心惊胆战的原因，这就是，高度紧张的医患关系！

由于紧张的医患关系多年来居高不下，致使不少医院动不动就闹出个什么“纠纷”，或者什么“事件”，甚至轰动全国的什么“血案”，致使不少卫校毕业的学生对医护工作敬而远之，不愿做护士工作；即便有的愿做护士，也远渡重洋，逃离国土，到国外去寻求发展，不为荣华富贵，飞黄腾达，只求获得一份职业尊严和人生的安全。

医院的一位妇产科主任说，她有一个朋友原本在国内当助产士，几年前去了澳大利亚，经过学习和考试，成为当地的注册助产士。这位朋友告诉她说，在国外当助产士很舒心，以前在国内医院的产房工作，一天起码处理八九个病人，碰上一些对工作不理解的家属，挨骂是经常的事。而在澳大利亚，她一年只需给50个病人接生就能完成工作任务，工作量还不到国内的一半，而且病人和家属对护士非常尊重，工作起来很有成就感。

然而，尽管如此，护士这个岗位在中国的现实生活里，竞争依然十分激烈！也就是说，不是谁想当护士就能当的，护士这个门槛比一般中职的门槛都要高。这是因为，随着社会发展，医院对护士的要求比过去更高了，而且越来越高了。比如，很多三级甲等大医院的护士，都要求是大专以上；而中职毕业的学生，几乎一概拒之门外。

问题是，中国专门培养大专护理人才的学校很少，大专护理专业毕业的学生自然也就少。以广州为例，整个广东省培养大专护理人才的学校只有两个，而其他二十多所学校，全属于中职卫校。如此一来，造成的结果就是，一方面，社会对护理人才的需求量很大；另一方面，很多医院又招收不到大专毕业的护士。

比如，广州很多医院，虽然对护士的需求量非常大，但这些医院要想只招收大专学生去当护士，几乎是不可能的。所以目前大部分医院的护士，都没有正式编制，只有采取合同制。据广东深圳南山区卫计局局长黄群透露，从2012年至今，南山公立医院系统共流失160名医护人员，其中有13名医生、20名护士先后调入港大深圳医院，占离职人员总数的20%。而蛇口人民医院海康社康中心的医护人员的流失人数，则达到了职工总数的60%。近两年来，南山公立医院系统在对外公开招聘时，多次出现完不成招聘计划的情况。而导致卫生人才吸引力逐年下降的原因，主要是生活成本高、工资待遇低、工作压力大。

但正是这一特殊情况，为中职卫校毕业的学生，在客观上提供了一个上岗的机会。

于是，欧阳焕文校长看到了这个现实，并意识到培养一个优秀的护士，对社会的意义是多么的重要！所以，提出“德能为先，一专多能”的教学理念，下决心抓住这个机会，大力培养既有良好德能又有高超技能的护士，为社会的需要积极

育婴师培训班学生在练习操作

储备人才。

那么如何培养学生的一专多能呢?

34

在“德能为先，一专多能”的办学理念的指导下，黄埔卫校首先抓班主任。

所谓“抓班主任”，就是让每个班主任首先要真正理解、吃透“德能为先，一专多能”的办学理念，然后再去教育学生，影响学生，从而让学生们真正懂得，一个人具备良好的道德是必需的，但光有高尚的道德是不行的，还必须要一专多能，有一技之长，否则将来走出学校就无法立足社会，更不可能服务于社会。再具体说，要想做一名合格的甚至优秀的护士，没有德能不行，没有技能也不行，而只有德技并重，一专多能，才能做一个合格或者优秀的护士，去服务好病人。

比如，有一位班主任老师，在管理她的班级的时候，模拟医院的管理办法对学生进行管理。其目的，就是要让学生们明白，作为一名医护人员，应该具备一种什么样的意识；尤其是毕业走上工作岗位后，要德能、技能并重，才配称一名合格的护士。

学生们在做静脉输液操作竞赛

但是，要让学生真正掌握一定的技能，并非易事。

黄埔卫校是一所中职卫校，每年只能招收全日制的中专生，而广州很多实习医院每年在接受实习学员时，只愿意要大专生，而不要中专生。因此，过去每年黄埔卫校的学生毕业前夕，去各个医院联系实习的时候，都会遇到一些麻烦甚至压力。

面对这个难题，为了真正体现“德能为先，一专多能”的办学理念，把学生真正培养成适应社会和卫生事业需要的实用型人才，经过一番考察研究，黄埔卫校最后大胆作了一

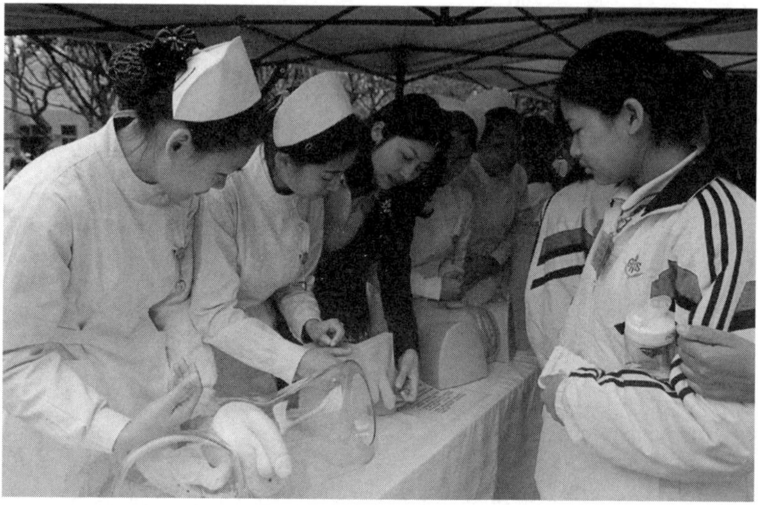

学校组织学生们开展实习活动

个决定：凡是进校后的学生，中专的文化课一旦学完之后，符合条件的，都要去参加成人高考。而且由学校统一计划，统一组织，为学生们参加高考提供大力的帮助和支持。

这么做，实际上是打破了传统的一成不变的教学模式，既让学生提前适应了社会实习大环境的要求，同时也给了学生继续深造、不断提升自己的动力和机会。学生们一旦进了黄埔卫校，在符合条件的情况下，就要在读中专的同时套读大专，等到毕业前实习的时候，就可以名正言顺地以大专学生的身份去找实习医院了；而实习医院也就不好以“不接收中专学生”为由，把这些孩子拒之门外。

比如，有个叫何珊珊的学生，当年就读于黄埔卫校，她入校第三年的时候，参加了成人高考；后来她在医院实习期间，还让她代表实习医院去参加了广东省的护士护理技能比赛，结果获得了二等奖！后来学校鉴于她德能、技能都很优秀，毕业后就让她留在学校当了护理实验员，不仅本人获得了一份理想的工作，所学的一技之长也得到了充分地发挥。

走访中，蒋副校长告诉说，黄埔卫校的这种教学模式，是在欧阳焕文校长“德能教育”思路的启发下，经过全体老师多次研究讨论，最后形成的一个比较成熟的教学模式。有了这个决定以后，学校就分别和广东医科大学、广东药科大学建立联合办学的关系，最后成为这两所大学的继续教育分教点。也就是说，学校分为大专本科和中专两个部分，中专设有护理、康复技术、药品营销等六个专业；大专本科则开设了高级护理专业等。由此在校学生从原来的几百人，发展到现在的六千七百多人。

这样一来，学校便逐步形成了多层次、多规格的办学格局。

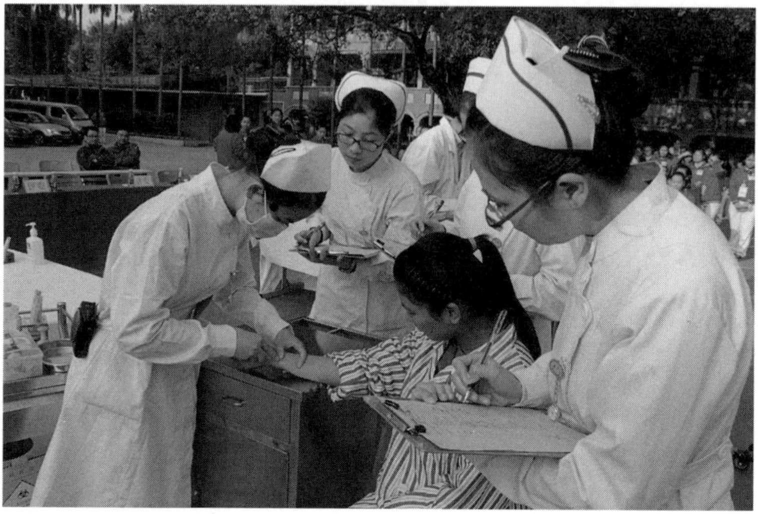

学生们在做皮内注射操作竞赛

35

此外，为了培养一些专业性强的人才，黄埔卫校对毕业前的学生进行了一系列严格的护士资格证考试前培训。

2006 年，黄埔卫校学生参加全国护士资格证考试的通过率只有 34% 左右；后来逐年提高，到 2013 年，平均通过率便达到了 85%，2014 年，更达到了 91%。这在全国的平均通过率中，已经是很高的了。全国中专学历的学生护士执业资格考证平均通过率仅有 50%，即是说，黄埔卫校学生的护士执

学校积极开展文艺表演活动

业资格考试平均通过率已经远远超过了全国中专考生的平均通过率，且超过了本科层次考生的平均通过率。

自从开展德能教育以后，黄埔卫校招生就业工作产生了良性循环，全国各地的学生纷纷报读黄埔卫校，该校的招生工作年年在省属中职学校中都名列前茅。所以说，黄埔卫校能如此快速发展，都是源于该校开展了德能教育。

黄埔卫校特别注重塑造护士的职业道德和职业礼仪。大力开展了一系列的相关活动。比如，“形象礼仪大赛”活动。该活动的内容，包括护士基本礼仪和护理基本知识问答两个

学校积极开展文艺表演活动

方面。护士基本礼仪具体包括：体态礼仪（如良好的站姿、端正的坐姿、稳健的行姿、典雅的蹲姿、推治疗车、端治疗盘、持病历夹）、举止礼仪、致意礼仪、交往礼仪、问候礼仪等。因为老师们认为，护理礼仪是护理学教育中的一项重要内容，良好的护士礼仪不但能使护理人员在护理实践中充满自信心、自尊心、责任心，而且其优美的仪表、端正的态度、亲切的语言、优雅的举止，还可以创造一个友善、亲切、健康向上的人文环境。

再比如，“护理技能大赛”活动。该活动的主题，是以展

学校组织学生们开展实习活动

示护理技能为主要目的，让广大同学将理论与实践有机结合，在注重知识性、趣味性的同时，彰显护理专业学生蓬勃向上的精神；同时也是进一步巩固学生的专业技能，激发学习创新、钻研技术、成长成才的热情，为学生毕业后的就业打下坚实的基础。

走访中我了解到，黄埔卫校在教学中之所以如此煞费苦心、倾其心血，是因为欧阳焕文校长和老师们清楚地认识到，护士形象是护士素质、文化水平、职业道德、精神风貌和仪表的总和，而护理工作则是结合科学、伦理与艺术的一

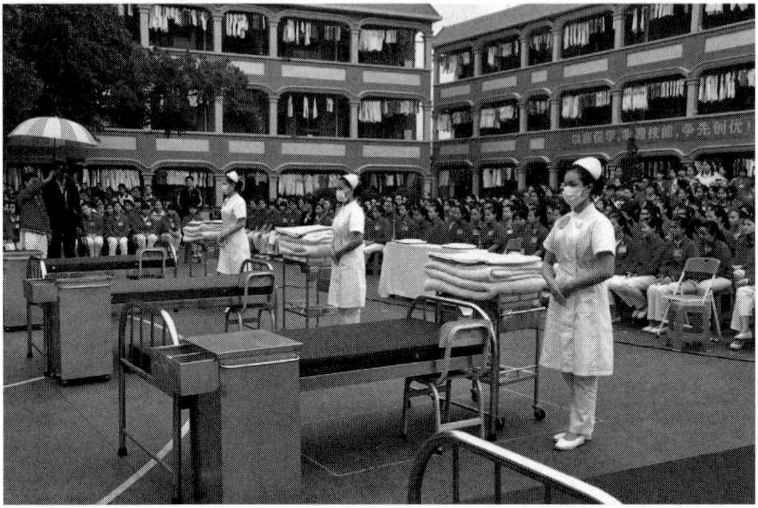

学生们在做“铺麻醉床”操作竞赛

门学科，其任务就是帮助患者减轻病痛、恢复健康。尤其是当今时代，随着人民生活水平的不断提高，民众对卫生保健的要求越来越高，对护士这个角色的要求和期望也越来越高，这就迫使护士的素养、角色及功能，必须不断提升、扩展和延伸。因为护理工作与人的健康及生命密切相关，它是一种脑力与体力并举的工作。护理工作人员不仅要求身体健康，还要有良好的文化素质、专业素质、心理素质和较好的礼仪修养；而护士的礼仪修养不仅是护理人员外在精神状态的反映，更是护理人员思想素质、道德品质、敬业爱岗的

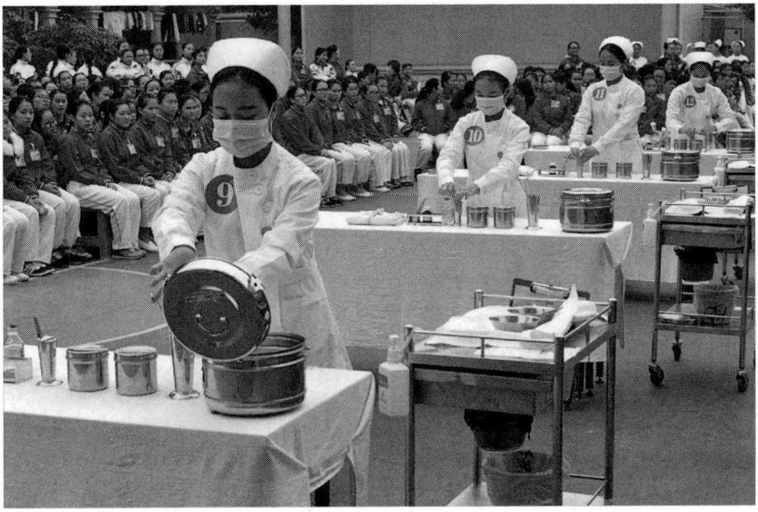

静脉输液操作竞赛

内在表现。

学生们每年毕业的时候，多数学生便可获得两个证书：一个是中专全日制文凭证书；一个就是护士资格证书。

当然，由于种种原因，不是所有黄埔卫校的学生，毕业时都能考上护士资格证的。比如，有的学生本来学业不错，但却因为身体原因而不适宜从事医护职业。

怎么办呢？黄埔卫校通过社会调查，针对具体情况，决定在培养学生的护士技能的同时，也对学生的其他技能进行有计划、有目的、有针对性地培训。比如，学校专门开设了

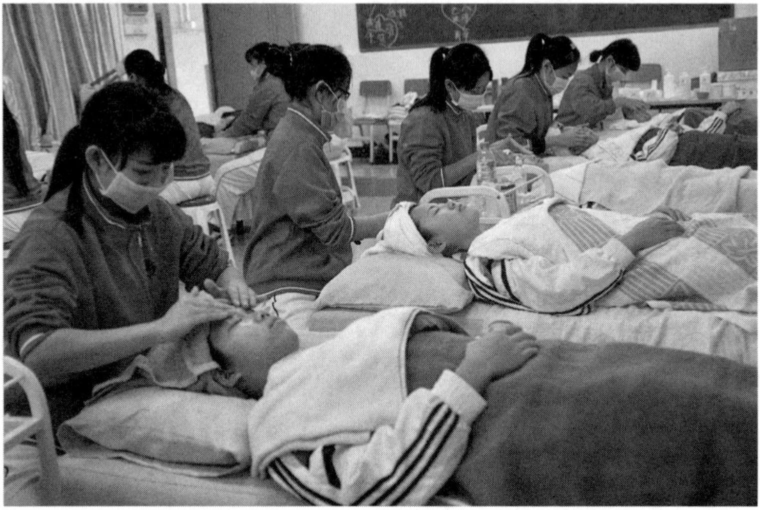

美容班学生在练习美容护肤

美容师培训班、营养师培训班、按摩师培训班以及养老护理员培训班等。

总而言之，黄埔卫校通过一系列的培训，使学生的素质得到全面提升，成为“一专多能”的人才，成为适应社会各方面需要的“多面手”，为毕业后找工作也就多了一个选择。

黄埔卫校的学生走出校园，踏入社会后，相比较而言，其竞争力远远超过同类学校的毕业生；而被社会录用的机会，也高于同类学校的毕业生。有些医院甚至高度评价黄埔卫校的学生经过德能教育以后，综合素质比一些本科的学生还高。正如蒋启文副校长所说，现在黄埔卫校毕业的学生，就业率都是 100%。每年一到毕业的时候，都是学生挑选医院，而不是医院挑选学生。

第十章　反省，做人的基本素质

36

年轻的学子，总是常怀梦想，心比天高。

在学子们无数的梦想当中，有一个梦想常常显得尤为突出，这个梦想就是："我要改变世界！"

改变世界，固然不错；但要想改变世界，首先得改变自己。

而改变自己，关键的一点，就是要懂得反省。

一个人只有懂得了反省，让反省成为生命的一种自觉，成为做人的一种修养，才会避免挫折，少犯错误，甚至不犯错误。所以我们说，反省是做人的最基本素质。

中华民族是一个缺乏反省意识的民族，或者说是一个懒

黄埔卫校学生举行诚信宣誓仪式

于反省的民族。百年来我们经历过无数的坎坷失败，但我们却少有深刻的反省，甚至对有的问题不愿意反省、不屑于反省。结果呢？有些时候在错误的路上越走越远。

这让我想起英国伦敦的威斯敏斯特大教堂。

在威斯敏斯特大教堂地下室的墓碑林里，静静匍匐着一块墓碑，这块墓碑上没有姓名，没有生卒年月，甚至连一个字的墓主介绍也没有；而它周围的墓碑，都是从亨利三世到乔治二世等二十多位英国前国王以及牛顿、达尔文、狄更斯等世界名人。于是这块墓碑在这群碑林中，显得是那样的孤独平常，微不足道。

然而奇怪的是，凡是去威斯敏斯特大教堂的人，几乎没有不去拜谒这一块无名氏墓碑的。因为，这块墓碑上刻着这样一段碑文：

当我年轻的时候，我的想象力从没有受到过限制，我梦想改变这个世界。

当我成熟以后，我发现我不能改变这个世界，我将目光缩短了些，决定只改变我的国家。

当我进入暮年后，我发现我不能改变我的国家，我的最后愿望仅仅是改变一下我的家庭。但是，这也不可能。

当我躺在床上，行将就木时，我突然意识到：如果一开始我仅仅去改变我自己，然后作为一个榜样，我可能改变我的家庭；在家人的帮助和鼓励下，我可能为国家做一些事情。然后，谁知道呢？我甚至可能改变这个世界。

据说，凡是看了这段碑文的人，无不为之感慨万分。有人说这是人生最好的教义；有人说这是生命最诚实的顿悟；还有人说这是灵魂最深刻的反省；而年轻的曼德拉第一次看到这篇碑文后，心灵受到强烈震撼，说自己从中找到了改变南非甚至整个世界的一把钥匙。结果，这个黑人青年回到南非后，从改变自己开始，从改变自己的家庭和亲朋好友开始，其间历经几十年的奋斗包括16年的牢狱生涯，最终成为一个享誉全球的黑人领袖，从而改变了自己也改变了他的祖国。

由此可见，一个人要想改变世界，就得首先改变自己，反省自己；而改变世界的最佳支点，其实不是地球，不是国家，也不是民族，不是他人，而是自己——自己的心灵。

是的，心灵。

如果教育不触动人的心灵，能叫教育吗？

倘若教育不触动人的心灵，还有意义吗？

黄埔卫校学生到老人院看望老人

37

黄埔卫校“德能教育”的成功之处，其中很重要的一点，就是滋润人心。

《弟子规》是开启人生智慧的书籍，内容通俗易懂。它在私塾时代是一本启蒙教材，换句话说，相当于现在的幼儿教材。但是，要让学生真正懂得其中的真理，领悟其中的要义，并落实到自身行动上，却需要一个过程。

譬如《弟子规》入则孝的第一二句：“父母呼，应勿缓，父母命，行勿懒。”“父母教，须敬听，父母责，须顺承。”这24个字的意思并不复杂，不过是说，父母叫你的时候，你要赶紧答应，不可迟缓不答；父母有事要叫你去做，你要马上去做，不要懒惰拖沓；父母教训、教育你的时候，你要恭恭敬敬地聆听；父母责备甚至揍你的时候，你也要顺从地接受。

但是，“德能教育”刚开始的时候，当黄埔卫校的老师问学生：“《弟子规》中的这24个字，你们都能真正做到吗？”却无人回答。

针对这一情况，在“德能教育”中，黄埔卫校的老师们就要求学生们在学习《弟子规》的过程中，要从自我检查开

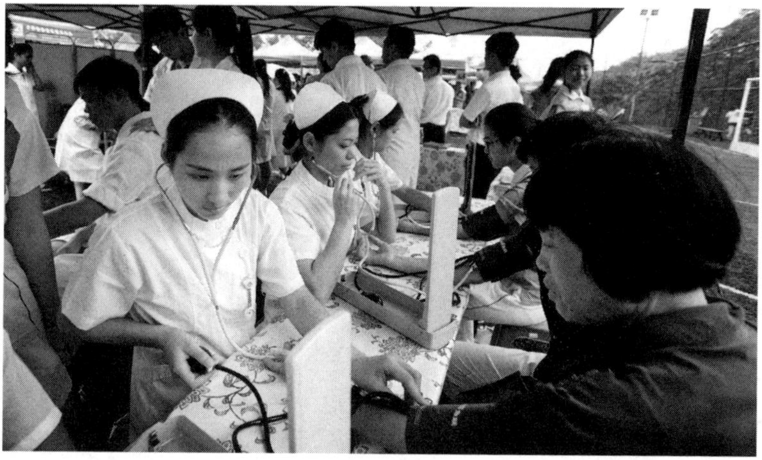

黄埔卫校学生为社区居民义诊

始，从自我反省开始，不要把学习《弟子规》简单地当成背诵的过程，而要当成自我检查和自我反省的过程。每学习一段《弟子规》，就应该反省一下自己；每背诵一段《弟子规》，就扪心问问自己：我真的做到了吗？

难怪不少学生都对我说，刚开始学习《弟子规》时，我们以为只要把这些句子背下来就可以了，并没有想到用这些句子去对照检查自己，更没想到自己应该怎么去做。后来通过老师们的帮助，我们把《弟子规》当做一面镜子，事事对照检查自己，时时反省自己，并用写日记的方式把它记录下

学生们迎接家长们到校

来。这样一来就会发现，《弟子规》中许多看起来很简单的句子，做起来其实很不容易，我们过去在平常的生活中做得太差了！

于是，走访中我发现了大量学生们写的所谓的“反省日记”。这些“反省日记”都是在各个班级的老师们的启发下，学生们自觉自愿写成的；日记看似简单平常，字里行间却充满了一种发自内心的自我反省意识，弥漫着一种勇敢的自我批评精神。

那么，让我们静下心来，耐心地读读这些孩子的“反省日记”吧——

38

古新银，2012 级护理 1 班学生。她在日记中这样写道：

作为一个新生，这是我第一次写反思日记。

从进入黄埔卫校第一天起，我就知道这个学校一定是个很有教学理念的学校。这一天我非常激情澎湃，对于这个学校的新鲜感与好奇感，我带着探索的心，想去揭开属于这一个学校的神秘。

很多孩子在课堂上第一次对父母说:“我爱你们!”“你们辛苦了!”

荣爱珍老师的热情讲座，使我内心感受到了无比强大的感触，让我深刻地了解到德能的重要性与必要性。让我学会了做人处世的道理。从《弟子规》里，又可以感悟出许多我们没有注意到的细节，自我的毛病实在太多，在这“孝”字面前，我做的实在不够好。惭愧地想着，在黄埔卫校以后的生活里，在黄埔卫校的教导下，我会有更大的改变。我会拥有一颗善良向上的心，学习南丁格尔的精神，选择护士的那一刻，我就知道自己的生活从此与以前大有不同，改变的不止是生活，而更多的是我自己本身。

向上吧，做最好的自己！

张少柔，2011 级护理 5 班学生。她在日记中这样写道：

刚入学，老师就要我们背诵《弟子规》，我迷惑不解，这与学专业有什么联系吗？渐渐地我才懂得，这是我们学校规定的每个人的必修课，而且必须背诵。我国是礼仪之邦，我们校园里首先开展的就是学礼仪活动。这两者结合起来，知礼有礼成为我校一道亮丽的风景线，我们的精神面貌也得以刷新。

在学校的这几天，我懂得了十德：孝、悌、仁、义、礼、智、信、忠、勤、勇，突然感觉自己比以前懂事了许多，感觉开始长大了，也更透彻地认识到了孝敬父母的重要性。为人子女，饮水要思源，这是从“跪羊图”中体会到的；“亲有疾，药先尝，昼夜待，不离床”，又让我回想到曾经父母那样无私而又艰辛地为我付出的爱，泪水禁不住悄悄滑落。

在校这几天的点点滴滴，让我学会了许多。选择这所学校，我无怨无悔。在这里我学会做人，学会做事。相信以后的日子里，我会做到勤奋、敬业、严谨、博爱，争当一名圣洁的白衣天使！

黄家萍，2011 级护理 2 班学生。她在日记中这样写道：

前几天知道老爸出事了，心情很低落。不过今天心情稍微好了点，没有那么纠结。可能是看着时间一天一天过去，很快就到星期五，就可以回家看老爸了。知道吗，我昨晚梦到自己回家了，老爸坐在沙发上看着电视，见到我回来立刻把我拉到沙发嘘寒问暖，我当场感动到哭了。老爸以为我发生什么事，一直问我，哄我，希望我不要哭，而我哭着哭着就睡着了。到今天早上脸上还残留着泪痕，

黄埔卫校的学生在医院里的实习

才发现这是梦。我心里又难过起来，一想到这个梦就觉得它是多么真实。突然间我好想老爸，想亲眼看到老爸现在平安无事了没？

爸，现在想起以前在初中，你对我特别严格，希望我考到好的高中，而我到了初三就开始不断地顶撞你，不听你话，让你每次失望，到了最后我考不上高中。我以为你放弃了我，不再管我，我很怕，就开始每天往外跑，很晚才回家，而每次回到家，你都会坐在沙发等我，问我去哪里了，说一个女孩子不能这么晚回家。当时我认为你是在骂我，心里很恨你。

后来我回到学校后，你每天发短信问我过得好吗？学习怎么样？我才知道你并没有放弃我，你还关心着我。现在回想到自己以前的想法觉得自己好愚蠢，好笨，觉得自己很对不起爸。

爸，对不起，希望您能原谅我。

李彤彤，2012级护理2班学生。她在日记中这样写道：

今天，在写信给父母时，想起了和父母一起时的点点滴滴：小时候和父母分隔两地时的相思之苦，相聚时的欢乐兴奋，吵架时的面红耳赤等。眼泪夺眶而出，滴在给父母写的信上，印出泪痕。

心里忐忑不安，像偷吃了糖的孩子，既幸福又害怕，写在纸上的每个字都那么小心翼翼。也许是没给父母写过信，不懂得怎样去表达爱，在写信的过程中撕了好几页纸。在最后终于写好了一封字迹很工整的信。虽然字数不多，但这是我用心写的，爱是不在乎字数的多少而在于写者的心。

我轻轻地走到妈妈身边。发现妈妈的黑发中掺着白发，脸上不再光滑，取而代之的是粗大的毛孔；手背和脚背上青筋突起，整个人显得苍老了。我小心翼翼把信递给妈妈，妈妈看了我一眼，然后慢慢把信打开，默默地看着信，一句话也没有说，我看到妈妈的眼睛里闪着光。我转身走回房间，听到从妈妈房里传来挤鼻涕的声音。

冯珍妮，2012级护理15班学生。她在日记中这样写道：

我是一条丑陋的毛毛虫，经过初三的试卷攻击、分数的打击、中考的失利，使这条丑陋的毛毛虫最终化成茧，但仍是这样的丑陋只不过更丑了而已，幸运的是我这颗茧掉落在黄埔卫校内。

光阴似箭，日月如梭，不知不觉我这颗茧来黄埔卫校已经一个月。

回想起刚来黄埔卫校的时候，处处都是不习惯，对身边的人更是陌生，在这里的第一天我都在一个角落里，沉默不语。到晚上唱感恩歌的时候，听到这优美的旋律我也跟着唱了起来，细细地品尝着歌词，心里不由地如刀割般的疼痛，泪水也从泪眶里流了出来，一滴一滴落在我手上。

这样的日子持续了很久，有一次我鼓足了勇气通过电话的形式向母亲唱歌，可不争气的泪水再一次堵住了眼睛，说话的声音也变得颤抖，但歌只是唱到一半，话筒的那头传了几句温柔的问候，我慢慢地平静了下来，不过说话起来也带有颤音，还好最后说上了一句“妈妈……你辛苦啦……”

这是我第一次当着别人面落泪，是第一次对妈妈唱歌，是第一次对妈妈说这句话，这点点滴滴的改变全部是从《弟子规》中学习到的，也教会了我如何孝顺父母，如何守信，如何对人宽容，这些形成了我削去一层层厚厚茧的力量，相信化蝶的梦不再遥远，很快就可以成为一只自由飞翔在花间的蝴蝶。

唐惠琼，2012级护理9班学生。她在日记中这样写道：

“弟子规，圣人训，首孝悌，次谨信，泛爱众，而亲仁，有余力，则学文……”

每天早读，都少不了读《弟子规》。读着读着，突然发现，它已经融入了我的生活里，记在了我的心里。在开始接触它的时候，还有些不习惯，感觉怎么讲究这么多条条框框的生活规范，真麻烦！可接触久了之后，发现它讲的还真有道理。

不少时候，都在课堂上、生活中运用到了。比如“路遇长，疾趋揖”“步从容，立端正”等等。在没学习弟子规前，我都习惯翘二郎腿坐着，也不习惯向老师问好时鞠躬。当许多同学这样做时，我也慢慢被感染了。坐姿端正了许多，也不会觉得鞠躬问好是件多别扭的事。

我们学校践行的“德能教育”，让我感到学校的校风很好，虽然很多我们都认为麻烦的事，但真正接触到它学习到它时，就觉得自己也是一个品德高尚且素质良好的人。严格地教育我们，能让自律能力提高，也能使我们的生活规范变得井井有条。严格地要求自己，在学习中才会更加进步，才会激励我们积极向上努力学习的拼搏心！

吴嘉敏，2011级护理20班学生。她在日记中这样写道：

2011年，对于我来说是个重要的年份。因为，那年我经受了高考的洗礼，那年我刚满18岁。那年，我来到了黄埔卫校，接触到了从未接触过的德能教育，开始有很多精彩奇异的事情发生。之前，我从未接触过《弟子规》，刚开始，只是觉得很新鲜，但了解之后，深深为它所吸引。

德能，可以是一种能量，教会我们做人处世；可以是一种方向，让我们在事物的抉择上，不会迷失方向。通过老师的引导，我开始学会做人，开始爱惜他人。在《弟子规》这本书中，有许多教人如何待人接物的故事，让我们更直观、更形象地理解德能如何体现在日常生活中。所以我们不但要学习，还要应用于生活中，善待父母，友爱兄弟姐妹，尊师敬长，传递德能的正能量，以身作则，为社会的和谐奉献自己的力量。

未来，我们都可能是卫生事业的一分子，面对更多的是病患，所以，从现在开始我们的一举一动，一言一行，都要遵循礼仪，用“德”武装自己，要求自己。

这世界，太多物质、利益在诱惑我们，不经意间我们就迷失其中，分不清好坏，看不清善恶。但学校倡导“德能教育”让我们做好事，存好心，做好人，我感觉这正是我们所需要的。

李娟清，2013 级 5 班学生。她在日记中这样写道：

好想家人啊！好想爸爸妈妈！小时候我认为自己是妈妈讨厌的一个女儿，爸爸妈妈很喜欢姐姐，那时姐姐 15

岁就去打工了，姐姐很懂事，我觉得父母不喜欢我，所以我很逆反，很不孝顺。但后来我知道了，原来我是街头的弃婴，是爷爷把我捡回来养大的。爷爷过世了，爸爸妈妈就接着抚养我。他们从来没少给过我任何东西，但我总觉得自己在这个家里是多余的，总感觉他们就喜欢哥哥姐姐，他们总拿我和哥哥姐姐比，说我没姐姐懂事，又懒。他们总说别人家的小孩子好，我觉得好伤心的，那你们觉得别人家的好就养别人家的去吧，要我干吗？从那以后爸爸妈妈就没有再说过那些话了，我反而一天比一天更逆反了。

初中毕业时，爸爸妈妈就要我去读护士，可我不喜欢，我想读导游。但后来我想，爸爸妈妈虽然不疼我，但他们的身体也不好，我还是选择读卫校吧。进到这个学校，我只打了一个电话给父母。当看到宿舍里其他同学和父母聊得很起劲的时候，心就有点酸。到学校后的一个晚上，老师要求我们学唱感恩歌曲，我唱着唱着就哭了，只是我不会流出眼泪。我很喜欢逞强，想哭的时候我会抬起头，不让眼泪流出来。在这个学校过了三个星期了，每天都有老师在讲要如何地孝顺父母，听着听着我也好想哭。我知道我做错了好多好多事，伤了父母亲

校园电话亭

的心。爸爸妈妈，以后的日子我一定会好好孝顺你们的。

我好想打电话给父母，但不知道自己该说什么？有一次我打电话给爸爸，爸爸没说完两句就说我们要干活儿了，没事我挂了。爸爸的那一头挂了，听着电话里的嘟嘟声，我又哭了。爸爸妈妈老了，可我却不在身边。其实我知道父母是很想念我的，家里没一个哥哥姐姐在家里，就父母二人，感觉他们好孤独的。往后等我出去工作了，有能力了，我一定要好好地照顾父母，我要让父母不孤独，让他们的晚年过得幸福，好好享受孝敬父母的成就感。

39

学生们的这些“反省日记”，还有很多很多，限于篇幅，我只择选了其中一小部分。

读了这些“反省日记”，我想起看过的一篇报道。报道说，某乡村小学，一天有个学生因为没有完成作业，便跪在了学校的操场上。他的周围有许多同学，还有老师，却没有一个人叫他起来。事后，有记者采访这所学校的校长，问，这孩子为什么要跪在操场上？校长回答说，这个学生是在反省自己；接着，校长又补充道，这个学生是自己愿意跪的。

学生跪着反省自己，无论是自愿的，还是强迫的，这样的反省方式，合适吗？其结果，又会怎样呢？

其实，这所学校的问题，不是反省的方式问题，而是教育思路和方法出了问题。用这样的教育思路和方法去教育学生，无论学生是自愿跪的，还是被强迫跪的，都是一种误导。

而黄埔卫校不同，学生们的反省，是在接受“德能教育”之后，一种自发的自我反省，一种自发的自我批评。这种自我反省和自我批评，是源自生命的一种自觉，是发自内心的一种真诚表达。这种自觉的反省意识和自我批评精神，恰恰

感恩父母

是当今中国社会最稀缺、最难能可贵的一种品质，也是“德能教育”最希望达到的一种效果；而正因为学生们具有了这样一种自觉的反省意识，所以无论在学习上还是生活上，不知不觉中都发生了很大的变化，尤其在德能方面得到了很大的提升。

譬如，有一个学生，叫李珏敏。她刚来学校时，表现很不好，有一次考试作弊，还得了个处分。但学校开展“德能教育”后，她针对自己的言行，认真作了反省，从内心认识到自己的缺点，并下决心改掉它，还在班里做了“诚信宣誓”。后来，老师和同学都感到她有很大的进步。

有一次，她在网上偶然看到一个母亲发微博说，儿子得了白血病，需要血小板。她当即就在微博上回复那位母亲说，她要去献血。第二天，她把这事告诉了老师，老师很慎重，说这事必须得跟你父母商量一下，看你身体行不行？于是老师当着她的面和她妈妈通了电话，没想到她妈妈说，女儿两年前出过车祸，体内还有钢板，还有胃病，虽说献血是做好事，但她就这么一个女儿，也得考虑一下自己的身体。她一听，马上就抢过老师的电话，对她妈妈说，妈妈，我已经答应人家今天去了，我今天就得去。做人要讲诚信，我不能言而无信。“凡出言，信为先”，这是老师教我们的。妈妈，你要支持我！

后来老师对她说，这样吧，既然你答应人家了，就先去，但你能不能献血，得听医生的。然后老师就陪着她去了医院。到了医院，医生了解情况后，说她不满 18 岁，年龄不够，献血是违法的。老师也趁机劝她说，《弟子规》里有句话：“身有伤，贻亲忧。”你想为患者献血，说明你心地善良，这种助人为乐的品德是很好的。但医生说了，你年龄不够，身体又不好。如果硬要献血的话，你妈妈会为你担忧的。

就这样，她才没有献血。但临走时，她却把自己身上仅有的 200 元钱掏出来，捐给了那位患白血病的小弟弟。她

黄埔卫校学生参与无偿献血活动

对那位小弟弟说，对不起，我没有为你献血；但我来了，尽心了。一周后，她又买了一个很大的玩具熊，去看望这位小弟弟，还和小弟弟照了一张相。小弟弟的母亲非常感动，说黄埔卫校的学生素质就是好，不仅有诚信，有礼貌，还有人情味。

第十一章
冷漠的学校教不出温暖的学生

40

在“德能教育”中，深受启迪、获益匪浅的，不光是学生，还有老师。

蒋启文副校长告诉我说，“德能教育”不光教育了学生，也教育了我们老师。黄埔卫校通过“德能教育”，不仅提高了我们老师的教学水平，也提高了我们老师的人文素养，增强了我们老师对学生的关爱与温情；同时还化解了老师们之间在工作中的一些矛盾。譬如，过去老师之间多多少少会有一点防范意识，大家说话都很谨慎，怕说出一些话来，引起对

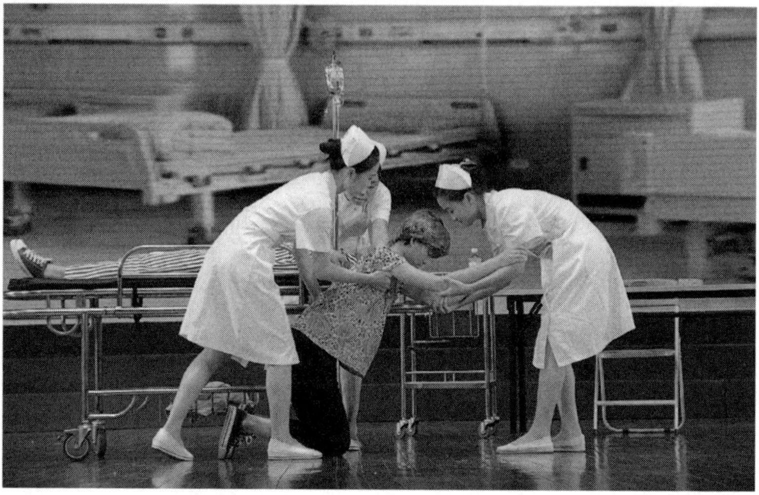

暨南大学礼堂弘扬“德能教育”专题文艺展示

方猜疑甚至误解，从而发生矛盾。现在这个问题就不存在了，老师们之间有了什么问题，彼此坦诚相见，有啥说啥，相互信任。因为 2007 年刚开始搞“德能教育”的时候，欧阳焕文校长就说了，老师更要多多反省自己，只有不断地反省自己，才会不断进步。所以，我们在“德能教育”中，不光抓学生，也抓老师，而且首先从老师抓起。所以老师们都认识到，只有加强自我反省，多从自己身上查找毛病，不断改进教学甚至是做人中存在的问题，才可能真正做一个合格称职的老师，也才可能教好书，育好人。

的确，在教育问题上，关键是学校；而学校的关键是校长，是老师。俗话说，没有教不好的学生，只有不称职的老师。什么是老师？老教导人的人就是老师；老师是干什么的？老师就是教书育人的。而教书就要先教人，育人就要先育己。如果老师自己做人都做不好，怎么去教书？如何去育人？倘若一所学校的老师，尤其是中职学校的老师，对学生没有真心，没有真爱，没有真情，个个道貌岸然，冷酷如冰，怎么可能教出温暖的学生？

令人欣慰的是，走访中我发现，黄埔卫校的老师们通过几年的“德能教育”，通过对《弟子规》的具体学习践行，的确发生了不小的变化。而这种变化不单单是外表的，更是内心的。尤其是对“教书先教人”“育人先育己”的道理，有了更深刻的理解和认识；对如何用真心去关爱孩子，用真情去温暖学生，有了更真切的体会。并且这些理解、认识和体会，都是发自内心的，源自灵魂的，实实在在，真真切切，而不是像过去那样，只流于形式，流于口号，甚至只是为了应付上级。

因为老师们深知，黄埔卫校的学生，在年轻人当中属于弱势群体。一方面，这些孩子在中考时候是受挫的；另一方面，这些孩子由于从小成绩不是很好，得到老师的关爱相对

学校开展文艺表演活动

会少，现在他们又远离家庭，一个人在外读书，父母的关爱就更少。另外，还有一必须正视的事实是，这些孩子几乎都是迈着无奈的脚步踏进黄埔卫校的，很多时候，在学业上、工作上，甚至感情问题上，他们还没有迈出踏进社会的第一步，便已经被人划为“失败者”的行列。因此他们不是受到父母的冷遇，就是遭遇社会的嘲讽，总之他们成了一群被中考淘汰出局的“多余人”，成了一群被人遗弃的“年少孤儿”。他们中最大的十七八岁，最小的仅有十五六岁，多年来他们一直被社会上一股“必须成功”的强迫感裹挟着，推动着，于是不得不步履匆匆，拼搏奋斗，哪怕停下来喘口气的机会都没有，因而无法发现自己身上究竟都有哪些毛病，更不知道自己今后的路到底应该怎么走。虽然他们个个年少青春，但正因为青春，所以容易迷茫；尽管他们被社会认定为成年人，但剥去外表“成熟”的面具，他们其实仍是一个孩子，并未做好成年人的准备。所以如何看待、教育这群孩子，就显得非常重要。如果在教育中缺少了关爱与提醒，缺少了育心与做人这一课，就很容易出问题。尤其在医患关系如此紧张的当下，倘若不用真心真情去关爱关心这些孩子，这些孩子就有可能对父母冷淡，对社会冷漠，甚至有的还可能会步入歧途，自毁前程。

孩子为母亲洗脚

当然，老师们的这种认识与变化，并非一蹴而就，而是一个日积月累、悄然变化的过程，是在不知不觉中慢慢发酵的结果，有点瓜熟蒂落、水到渠成的意思。

41

她叫李文燕，是黄埔卫校一位 80 后的老师。

李文燕是广东韶关人，她从小的理想就是当一名老师，所以 2006 年她从华南师范大学毕业后，便应聘来到了黄埔卫校。但黄埔卫校留给她的第一印象与现在有着一定的距离，所以她在第一篇日记中这样写道：

我终于签约了！

虽然学校很破旧，又小得可怜！签约时想打开窗子透透气，一推，那钢条窗在掉锈，这锈，就像是长在了自己心里。走向生活的第一站，本该是阳光灿烂，风甜花香，迎接我蓬勃朝气的，却是斑斑锈迹，心情不免晦暗。青春焕发的我还没走出第一步心里就锈住了。教室里的课桌也是坏的，小小的校园里是几栋简陋的校舍，还有一个破烂的操场。老师也没几个，一眼就望光了，听说总共才三十好几。

我怎么来了这么一所学校呢？

应该说是面试时校长给了我莫大的信心。

那种信心就是力量！

校长叫欧阳焕文，个子并不高大，但脸庞是红红的，一脸威严，那双眼睛里的光，仿佛是穿透了这校园里斑斑锈迹一般直视着我们这帮年轻人。他问我们："有没有信心把工作最好？""有！"我很坚定地回答。

"既然有信心，就留下来吧。希望你们为学校的改革发展作出应有的贡献。”他说他也刚来不久，看到这个样子，起初有点伤心，但却对学校的前景充满信心。

“我不能伤心，”随后他加重了语气说，“因为不管怎么样都有几十个年轻的老师和员工们在这里，有的还是建校之初的元老，为了大家，我不能只有伤心，我要改变它！并相信一定能够把它发展得很好！”

校长的语气很坚定，我感到很有支撑力，我相信学校的明天会灿烂辉煌！我于是签了约。

走访中，李文燕告诉我说，她刚到学校的时候，看到学校破破烂烂的样子，心里很不是滋味，但是欧阳焕文校长在面试的时候给了他们这批大学生莫大的信心。大家觉得跟着这样的领导，一定是“有前途的”！到了 2008 年，尤其是学校开展“德能教育”之后，学校的凝聚力和原来大不一样，老师们再也没有离开学校的打算了，大家一心一意想的，都是如何教书育人，因为老师们看到了学校的未来和希望；而她自己也喜欢上了这个“破破烂烂”的黄埔卫校，并对教学工作越来越有信心，对学校也越来越有信心。

李文燕之所以留了下来，且对学校抱以很大的信心，主要原因是，她觉得欧阳焕文校长是一个很有魄力的人，同时

“德能教育”专家李文燕老师

还是敢于承当的人。人的一辈子，能够遇到一个好的领导就相当于遇到一对好的父母。欧阳焕文校长做事敢做敢当，从不推卸责任，也从不允许职工之间钩心斗角，讲是非。他不允许下属在他面前打别人的小报告、耍小阴谋，他用自己的正气压住了不好的风气。

欧阳焕文校长的用人观也很好，他用人以德为先，从来不用有才无德的人，更不用无德无才的人。表面上，校长是一个十分严厉的人，讲原则，有规矩；内心深处，他又是一个富有同情心的人，有着仁慈宽厚的一面。

李文燕说，单位有一个女职工，是在广州中医药大学毕业的。由于家庭特别困难，到毕业的时候都交不起学费；交不起学费就拿不到毕业证；拿不到毕业证就无法找工作。欧阳焕文校长知道后，就自己掏钱帮她把学费先垫付了。这样一来，大家也就跟着给这位学生筹钱。这位学生毕业后，顺利地拿到了毕业证，也顺利地留在医院工作了。等领了工资，她先把单位的钱还了，接着要还欧阳焕文校长的钱。但校长不要她还，说你好好工作，这就当是我帮助你的吧。这件事让我从校长的身上，真切地感受到了什么是爱心，什么是“德能教育”的力量。

在一篇文章里，李文燕还记录了这样一件事：

欧阳焕文校长教给我们最好的东西就是“德能”。他以身作则告诉我们“仁德”的力量。

学校有个老师小杨因工作失职，违反了学校有关规章制度，被开除了。小杨被开除后，校长请他吃饭，告诉他：“开除你是工作原则，没有办法。那是希望你要以此作为教训，把人做好。日后你如果遇到困难还可以来找我，我帮你！”

欧阳焕文校长还教导了他很多做人的道理，尤其要懂得感恩，遇到挫折更加要感恩。小杨听了以后痛哭流涕，后悔自己当初责任心不够造成丢失工作的后果。后来，他向校长表达了深深的懊悔之情，并感谢校长的教育，决心以后不再犯同样的错误。

欧阳焕文校长也为他的真诚所感动。于是将他聘请到省工人医院工作。果真，他在工人医院的精神科干得很出色，也有了很强的责任心，现在还成了业务骨干。

是校长的严厉和仁慈给了小杨一个新的人生历程。

试想，当初小杨犯错误后如果不是接受了校长的教育，继而学会了感恩，而是一味埋怨单位而离开的话，他的德能就不会得到提高，更加不会有现在满意的事业。

其实，校长教育的何止是他一个，校长还教育了千千万万的师生们。

校长提出开展德能教育以《弟子规》作为抓手，要求全体师生要在日常工作和生活中践行《弟子规》，在工作中不断地反省提升自我。他还教会了我们"舍得""吃亏""谦卑忍让""做好人、会做人、做能人""做好事、做实事、做成事"。道德可以让一个单位变得团结友爱，不断提升形象和地位，道德更可以让一个社会和谐稳定，增强国家软实力，实现民族的伟大复兴。

在李文燕看来，德能是世界上最大的能量。只要有德，社会上一些不好的现象就会得到改善；只要大家都感恩社会，相互宽容，共同努力，社会风气就会好转。她告诉我说，学校开展“德能教育”后，我很有体会，感到德能对一个人的成长也是很重要的，它让我的生活变得很有意义，让我的内心也逐渐变得强大起来。我觉得一个人失去什么都不要失去希望，有希望在就好。有德之人必会有人相助，无德之人必会遭人遗弃。过去别人误会我的时候我就很着急，现在我觉得误会了也没关系；甚至有人说我不好，伤害了我，我也觉得没关系，我会很豁达，会理解。有时候批评完学生后，晚上我会反思自己是不是太过分了，毕竟他们都是一群小孩子，自律性差一些也是很正常的。

是的，李文燕的家庭角色，是妻子和母亲；而社会角色，则是一名老师。作为宣传信息科的老师，她的工作一直都很忙，一个学期下来，几乎每天都会加班，甚至有时还会加班到凌晨三四点。但这些加班都是她自觉自愿的，都是因为受到“德能教育”的影响。

李文燕说，有时候有人会问我，你老是加班、加班，学校给你多少工资多少加班费啊？我说我们校长经常加班加

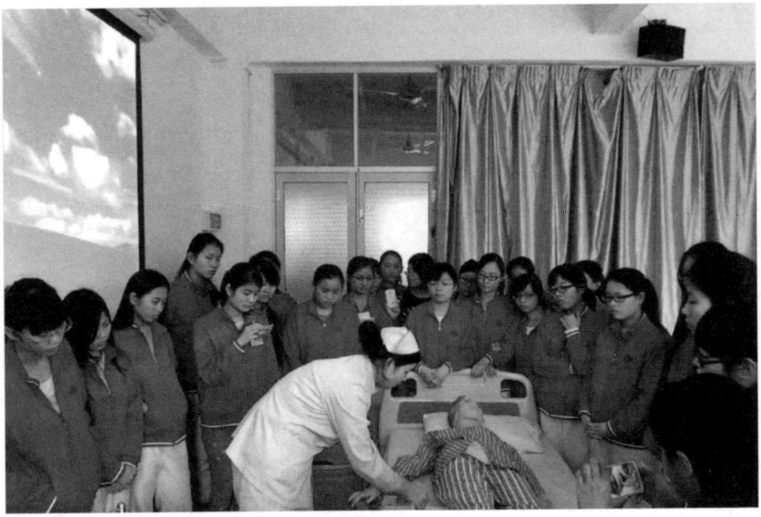

教师为学生们做养老护理员实操示范

点，熬夜工作，可他从来不拿加班费。我们不是为了谋生而工作，是为了推行德能教育利益广大社会大众这项伟大的事业而工作！这几年我们学校最大的变化，就是人心的高度统一。譬如学校一旦有什么重要的事情，大家都会齐心合力加班加点去做好，哪怕是在放假。记得有一次元旦放假的时候，学校紧急召开中层会，当时我正在驾校学开车，还有两分钟就要参加路考了；但接到电话后我马上就赶了回去，其他老师也全都回去了。这就是一个单位的执行力。思想的高度统一，决定了执行力的高度统一。也正是有了德能、德能教育的理念，才有了黄埔卫校前所未有的快速发展。

李文燕的想法恰好反映了黄埔卫校大多数教职工的想法。大家都抱着高度主人翁的精神工作，对于单位的安排高度服从，迅速执行。高度的执行力就是一个单位迅速发展的保障。从这里，黄埔卫校为我们打开了一扇窗。

因为有了德能的力量，所以李文燕在教学中，对学生充满了善意与爱心，信任与宽容。

譬如，李文燕所在的班上有一位女生，上课经常迟到，李文燕每次批评、教育她，她嘴上承认迟到不对并保证下次改正，但就是改正不了；对李文燕的批评，似乎早就习以为常。有一次，这位女生又迟到了，但李文燕这次没有当众批评她，反而还给了她一个“台阶”，为她留下一个自省的空间，而后再择机做私下的沟通。此后，这位女生就很少迟到了。李文燕由此体会到，对待学生经常犯的毛病，老师要采取不同的态度，改变一下教育方式，不能总是批评，更不能当众揭短，而要有宽容之心，因为他们毕竟还是孩子。尤其当多次批评又难以奏效时，不妨试一试“无声教育”，多给学生一些宽容，多给学生一点自尊，充分尊重每个学生的人格，这样才能确立一种真正的平等师生关系。

再譬如，有一次，班里一个女生哭着告诉李文燕，说她的手机丢了，是在课室弄丢的。李文燕安慰她后，便在班上询问其他同学，有没有人拿过或看见过她的手机？但同学们都说没有拿过手机，只有一个女生低着头，一声不吭。李文燕发现这个细节后，并没有当场询问这位女生，而是马上转移话题，讲了前不久二年级一个同学在校园里捡到 10 元钱主动交给班主任的事，然后又讲了几个拾金不昧的小故事，最后才心平气和地说："其实，一个手机丢了还可以再买，但是，一个人的人品要是残缺了，就难以修补了。下课后，如果有哪位同学看见或捡到手机了，希望主动交还给失主。"下课后这位女生主动来到李文燕的办公室，李文燕故意不说话，只用信任和鼓励的目光看着她。结果，这位女生主动交出了手机，并承认了错误；而学校也没有让她退学，继续给了她读书的机会。从此，这位女生严格要求自己，再也没犯过类似的错误。

还有一件事，也对李文燕触动也很大。

几年前，李文燕负责一个有男生的班级，这个班成绩基础很差，学生很难管理，最大的毛病就是写作业爱作弊。鉴于这个情况，李文燕就把这个班分成八个小组，让其中八个最"厉害"的女生，担任小组长，严格监督班里的作弊行为。

结果，时间不长，这个班的同学不仅能独立完成作业，而且成绩上升还很快，第一学期期末检测时，全班的成绩都考得不错；好事多磨，但有人却揭发说，有人考试作弊！

李文燕得知这一“情报”后，火冒三丈，冲到教室就对学生说：“你们太让老师失望了，原以为你们上学期在好好学，没有想到你们就这么欺骗老师！下课后，每人给我写一篇考试心得，再把作弊的人检举出来！”午饭时，每个同学都把心得交上来了；但李文燕一看，却没有一个人检举作弊者。

是相信自己的学生，还是继续追究下去？李文燕选择了信任。

这一天，刚进教室，李文燕就这样说道：“同学们，考试是否作弊的事情，我相信你们没有那样做；但是，假如有这种想法，是不对的，我们做任何事都不能弄虚作假！老师小时候听写生字时，也作弊过；其实，谁都有犯错的时候，如果真的犯了错，改掉就好了。”结果，放学后，有一位同学递给李文燕一张纸条，纸条上这样写道：“老师，上学期考试时监考得很严，我们真的没有作弊。当初看到你生气时，我们甚至暗地里有些恨你，但是最后还是谢谢你信任了我们，没有再追究下去。尤其你坦诚地给我们说到你上学作弊的事情，我们觉得老师对待我们是真诚的，我们一定要好好学习！”

德能教育开放日，学生们举行文艺表演活动

通过上述几件事，李文燕真切地体会到，老师对学生的信任，是师生沟通的基础。老师只有信任、尊重学生，才能换来学生的信任与尊重，从而起到事半功倍的效果。有时老师不经意间说出的一句话，会对学生的内心产生很大的影响，尤其对中职卫校的学生而言，老师的爱心与真诚、宽容与信任，才是孩子们的天堂。

42

在黄埔卫校，像李文燕这样的80后老师，还有不少。他们个个年轻气盛，风华正茂，志存高远，怀揣梦想，堪称教师队伍的中坚力量；尤其通过“德能教育”后，这批年轻老师们的心灵与精神，又提升到了一个新的高度。

于是，他们把从“德能教育”中获取的能量，化为一种生命的自觉；把对孩子们的责任与爱心、真诚与温情，付诸于教学的每一个细节，从而让学生们在平常点点滴滴的生活中，在青春坡坎的跑道上，吸收养分，逐渐改变，悄然成长。而正因为有了这些年轻的老师的存在，有了他们的真心、真情、真爱、真诚，黄埔卫校一届一届的学子们，才有了很大的进步甚至质的变化。

“德能教育”专家宋剑老师到黄船技校授课

下面几位老师，便是其中的代表。

——贺江蓉，湖北宜昌人，2001 年毕业于长江大学。毕业后到广东找工作，正好黄埔卫校需要教师，便进了黄埔卫校，做德育老师；同时负责主编学校的《德能教育报》。多年来虽然工作非常辛苦，每天都忙到八九点才回家，家里的小孩儿也在上幼儿园，但她非常感恩自己的这份工作，责任心越来越强。

采访中，贺江蓉老师告诉我说，她班里孩子的特点：一个是成绩普遍不太好。二是独生子女很少。三是家庭贫困。学校 85% 的学生都是免学费，她的班 52 个人，44 个人都是免学费的。免学费的学生都来自广东指定的贫困县、贫困家庭，像低保、残疾。四是有些学生属于问题家庭，比如孤儿、父母离异单亲、非婚生子女等。这些孩子由于家庭不健全，在家里普遍缺爱，所以教育起来很是困难。

谈起这些孩子，贺江蓉认为自己过去在教学中存在一些问题，有的孩子没有达到应有的教学效果，感到很愧疚。贺江蓉说，我带的班级这几年碰到了很多孤儿，比如 2009 年，

“德能教育”专家贺江蓉老师

我的班有个孤儿，是被人抱养大的。我当时听说她的身世后，就尽量去照顾她，她请假回家什么的，都给予关照。但她在学校表现不好，后来被父母弄到了广州药学院附属医院，实习没多久，因为屡次旷工，就被开除了，学校这边也没顺利毕业。2010 年，我们班又有一个孤儿，她老家在湛江雷州，也是被人抱养大的。她家有四个哥哥，她是最小的。这孩子很懂事，学习很认真，成绩也不错，但就是性格孤僻，直至毕业时，孤僻的性格也没得到大的改善。我后来反思自己，觉得第一个孩子我对她太迁就、太照顾了；第二个孩子的性格没有引起我的重视，本来有希望让她的性格变得更开朗一些，但被我忽视了，我没有尽到应尽的责任。这也是自己在教学中不太成功的地方，至今想来都感到很惭愧。

但开展“德能教育”后，贺江蓉的思想认识和教学方式有了很大变化，一些所谓的“问题生”也因此而有了很大的改变。贺江蓉告诉我说，2012 级 1 班有个学生，是韶关人，新生报道的时候就穿得很时尚，头发也染成了金黄，见了老师也不叫，一点不懂礼貌。后来贺江蓉了解到，这个学生是个孤儿，被人抱养大的，虽然身上毛病不少，但她多才多艺，能歌善舞，就是有点自我。后来贺江蓉和她多次沟通，让她当了文娱委员，并充分发挥她的特长，还帮她申请了助学金和奖学金。此后她对自己的要求很严格，寒暑假自己还会去打工赚钱。还有一个女生，以前总是迟到、玩手机，有时居然在课堂上呼呼大睡，甚至还经常以学校要收费为由，骗家长的钱。但学校开展“德能教育”后，针对这种“问题学生”，贺江蓉几乎每天都跟她谈心聊天；后来，这个学生基本改掉了自己的不良习惯，还常常写反思日记，不断地反省自己。

而贺江蓉印象最深的，是2010级护理1班的一位女生。

2010年9月，贺江蓉正式接手了2010级护理1班。新生报到第一天，一位身材瘦弱的女孩，直到天黑时才来校报到，而且是孤身一人，于是这个女生引起了贺江蓉的注意。当天晚上，贺江蓉便了解到：这位女生的父母的年纪都大了，家中还有五个哥哥，她不想给家里增加负担，很希望老师能帮她争取到免学费的机会。贺江蓉当即答应，一定尽量为她争取。

但是，新生体检结果下来后，这位女生是大三阳，而且转氨酶过高，情况很不好。贺江蓉马上把这个结果告诉了她，并叮嘱她暂时不要把体检结果告诉同宿舍的同学。她听后非常感激老师的好心，流着眼泪走了。晚上，贺江蓉又联系了她家人，接电话的是她大嫂。大嫂得知情况后，告诉贺江蓉说，这孩子是个孤儿，是被现在的母亲收养的。她从小体弱多病，身体很差，但她很要强。听了大嫂的话，贺江蓉对这个瘦弱但坚强的女生又多了一丝同情，同时也多了一份关心。

一天中午，贺江蓉上完四节课，正准备去吃饭，这位女生宿舍的舍长突然神色慌张地跑来找到她。原来，这位女生把自己体检的结果告诉了宿舍的同学。她的想法是，她要和大家在一个宿舍同住两三年，她不能隐瞒自己的病情，隐瞒就等于是欺骗。所以她希望自己讲出真实的病情后，能得到同学们的信任，也能包容她。可没想到，宿舍有几个同学一听说她的病情后，马上将她用过的纸巾扔掉了；还把她借用过的桶和盆也用消毒水做了消毒。她无接受这样的现实，当即躲进卫生间号啕大哭。几个关心她的同学叫她开门，她也不开，嘴里只是一个劲哭喊着："我要退学！我要回家！"

贺江蓉听了这个情况后，马上赶到宿舍，先让其他宿舍跑来围观的同学离开，然后再隔着卫生间门对这位女生说，"你现在的心情老师十分理解，你要回家我也可以批你假，但你不能躲在卫生间不出来，不然什么问题也解决不了"。贺江蓉说完，女生的哭声小了一些，但还是不开门。贺江蓉又说，"如果你不出来，老师就一直站在门口等你，直到你出来我才离开"。说完，贺江蓉就站在门口等。而这时，宿舍里的其他几位同学也叫着她的名字，说老师一直在等你。大约 10 分钟后，门终于开了，贺江蓉和几位同学忙把她扶到床上，贺江蓉还拿毛巾帮她擦脸，几位同学也拿来热水，冲了葡萄糖水让她喝下，然后贺江蓉才坐在床边和她谈心。等女生情绪稳定后，贺江蓉又带着她和两位同学一起去吃饭，并为她夹菜，用实际行动告诉她，乙肝不可怕，老师和同学不会离开她。

接着，在本周的班会课上，贺江蓉专门给同学们放了一个“感动中国”的视频，讲的是一位好医生的故事，然后让同学们讨论怎样做一名合格的医务工作者；面对身边患病的同学，又该用怎样的态度对待？讨论中同学们认识到，“凡是人，皆须爱”，更何况是自己的同学！讨论完后，贺江蓉又给同学们看了一段关于乙肝的视频，同学们这才了解到，原来乙肝只会通过体液传播；只要注意自身饮食卫生，打乙肝疫苗，就不会轻易感染。班会课后，同学们都自动留下来，围在这位女生的身边；原先几位排斥她的同学，也主动向她说“对不起”。这位女生被感动得热泪盈眶，同学们紧紧和她拥抱在一起。

此后，这位女生宿舍的同学变得团结了，她和同学们出入都在一起。贺江蓉见她做事认真负责，还让她担任了生活委员，从此她再也没提要退学的事。两年后，她由原先自卑孤僻，变得开朗大方，并顺利完成了学业。

贺江蓉告诉我说：“每当我看到这位女生一点点的变化，特别是最后拿到了毕业证书，我心里非常高兴。作为老师，能用自己的爱心去温暖学生的心灵，就是我最大的欣慰。”

——翟颖，1986年出生，广东湛江人，2009年毕业于广东医学院。翟颖应聘到黄埔卫校后，担任护理老师，带的是高中班。

翟颖告诉我说，她的这个班学生都是没有考上理想的大学才来到这里的，其特点是：第一人数多，有135人；第二是比较自卑；第三是他们自尊心很强。她刚接手这个班的班主任的时候，感觉比较棘手。之前这个班是按照一个班来管理的，她发现这一个班人数太多，管理起来困难比较大，问题比较多，就把这个班分为内科、外科、妇科、儿科、急诊科、放射科、产科七个科，每个科都设有一个护士长和护士长秘书。另外，她还设立了护理部，有护理部主任和副主任，还有护理部干事、生活干事、体育干事等。这种分科跟医院的分科类似，每个科之间都会在平时的管理中有比较，有利于各科的内部团结。学生们既有兴趣，又便于她对班级的管理。

与此同对，在护理教学方面，翟颖根据学校“德能教育”的安排，着重教学生一些做人的道理和护士的基本礼仪，让学生明白，要想得到别人的尊重，首先尊重别人，这样医患关系才会得到缓解。在翟颖看来，护士给人的第一印象是很重要的，护士的形象基本上就代表了一个医院的形象。虽然有些医院会给护士一些形象礼仪培训，但是毕竟这些护士已经工作了，效果不是很明显，而且难以形成统一的礼仪模式，所以现在医院招聘护士的时候，都很注意护士的形象。

翟颖告诉我说，国家的医疗制度要改革，护理教育也要

“德能教育”专家刘莎老师到湛江中医学校授课

改革。我在教学实践中深深体会到，“德能教育”非常重要。可惜据我了解，现在大部分的医学院校，包括大学和中专，尤其是在广州的卫校，除我们学校外，还没有第二个学校开展“德能教育”，我觉得应该在更多的学校进行推广。有一次我大学的老师和校长来我们卫校参观，我还采访了学院的谢院长，谢院长说：“‘德能教育’是个好东西，我们都应该好好学习，特别是护理教育需要改革。现在的学校都是教授学生技能，没有教给他们做人的道理。学生去医院，技术是跟上了，但是做人没有跟上，所以我们学校也要学习你们的‘德能教育’！”

通过“德能教育”，翟颖在自己教学中还有一个很深的体会，就是作为一名老师，应当具有一颗慈母之心。

翟颖说：“教育不能没有爱，没有爱就没有教育”，因为爱是教育的灵魂。只有爱学生，才能正确对待、宽容学生所犯的错误，才能耐心地塑造每一位学生。作为老师，尤其是班主任，面对可爱的孩子，需要一颗“慈母心”。人活在世界上需要感动，那么作为老师和学生，他们之间也需要感动。只要能让彼此感动，心的距离就会拉近。

也许是翟颖初为人母的缘故，她在日常教学中，特别是在班级管理中，非常注意以“慈母”的身份进行管理。她认

学生们开展文艺表演活动

为人不是木头，终究是讲感情的，所以时常注意用心去关怀他们。譬如，每逢节假日，她会给学生及家长送上祝福，让学生和家长感动；期末考过后，她会给考得好以及有进步的学生买奖品，让学生感动；每次班团活动，她会与学生一同参与、一起同乐，让学生感动；学生身体不舒服，她第一时间把她们送往医院并及时通知家长，让学生感动。当然，于此同时，学生也把感动带给了她。譬如，每逢教师节，当收到学生的祝福话语时，她备感欣慰；在校园的每个角落走动，碰到学生迎面走来时，学生会向她鞠躬行礼："翟老师，您好！"她更是暖到心头。

——陈琳，湖南人，毕业于湖南第一师范学院，英语专业。谈到老师的爱心，陈琳首先给我讲了她班里一个学生的故事。

这个学生来自潮汕，童年生活就像一场噩梦。由于她的爸爸妈妈重男轻女，把爱都给了弟弟，她得到的就是一次次的训斥与毒打，甚至有一次还被妈妈装在麻袋里整整一天，所以她认为自己是一个爹不疼娘不爱的孩子。

这个学生刚进校时，表现得很敏感、很脆弱，也很胆怯，经不起任何挫折，害怕受到伤害，脸上好像永远写着一行字：请你们离我远一点。而且她很自卑，心里总认为自己一无是

“德能教育”专家陈琳老师在课堂授课

处；同时又非常渴望得到他人的关爱与帮助。

陈琳了解到这一情况后，就把她叫到办公室，和她一次次地聊天谈心，并告诉她说：“世界上没有父母不爱自己孩子的，父母千里迢迢送你来读书，就是爱你的表现；父母打电话问你的学习、生活情况也是爱你的表现；你每次回家，父母都给老师打电话报平安，更是爱你的表现。可是你想想，你给你爸妈打过电话吗？没有，一次也没有，对吧。所以老师给你布置一个任务，每个星期你给爸妈打个电话，汇报一下你在校的学习情况和表现，好不好？”

之后，陈琳又跟这个学生的妈妈打电话，说：“您的孩子其实很需要爱，您看能不能每个星期抽一点时间，跟孩子聊聊天，让她从具体细节中体会到爸妈其实是很想她、爱她的。”

学校开展“德能教育”后，在一次《弟子规》的班会课上，这位学生当着全班同学的面，第一个站起来拨通了妈妈的电话，她对妈妈说：“妈妈，对不起您，以前是我不懂事，错怪了你，我错了。谢谢你们多年对我的养育之恩，我爱你们！”说完这话，这位学生哭了，不少同学哭了，陈琳也忍不住哭了。

此后，这位学生主动请缨当了卫生委员，成绩也进步不少，而且还和同学们打成一片，脸上有了从未有过的笑容。

这个学生的改变，让陈琳真切感受到了“德能教育”的力量。陈琳告诉我说，作为班主任，我始终把爱渗透在自己的教育过程中，不吝惜每一句爱的语言，不保留每一个善意的微笑，不在乎为孩子做的每一件微不足道的小事！当我满怀爱心去对待学生时，我感到自己在爱学生的过程中，也获得了爱；而这种爱，甜甜的，非常真实，令人回味。

——熊莉源，1986 年出生，广东人，毕业于江西南昌理工大学，2008 年任职于黄埔卫校。熊莉源进校后，他通过跟学生谈话了解到，中职学生的成绩差，主要有两个原因：一个

校园电话亭

是家庭的原因，比如有的父母关系不好，或者父母离异，会对孩子造成很大影响；还有一个是社会原因，因为多年来高分论甚嚣尘上，一旦孩子的成绩不好，家长就埋怨甚至干脆放弃，而有些老师也不愿再管。所以刚开始的时候，黄埔卫校曾经淘汰过有些学生，这让学生的心理受到很大创伤。

熊莉源告诉我说，2008 年学校要求师生们学习《弟子规》的时候，他感觉带学生很困难，到底应该怎么做，他当时并没

黄埔卫校校园一角

有一个完整的概念；后来“德能教育”持续升温，蔚然成风，学校形成了一个很好的氛围，在帮助学生如何解决心理、生活等问题上，他才知道自己应该怎么做。

熊莉源的班里有个湖南的女生，这位女生刚到学校时表现不太好，对老师不尊重，没有起码的礼貌，跟同学关系也不融洽，而且学习成绩还不好，在班里经常倒数几名，还不遵守校纪校规。后来熊莉源了解到，这位女生因为在以前的学校表现不好，曾经拿一盆冰水泼到了自己班主任的身上，所以才转到黄埔卫校来的。她从小由奶奶带大，奶奶非常宠她，这使她养成了一些不好的习惯。而她的父母又常年在外打工，她也觉得父母只为了赚钱，不关心她，所以跟家里人关系不好，很叛逆，常常跟父母说上几句话，就会吵起来；跟同学交往时，也动辄就发脾气。由于家里的经济条件不错，所以她认为，只要有钱就能办事。

这位女生曾经交了一个网友，有一次想跟这个网友去上海玩，家里人知道后不同意，要她退学。当她父母来接她的时候，她和父母吵了一架，然后说走就走。但是她在走的时候，还是把自己的课本也带走了。后来，在老师和同学们的劝阻下，她还是留下来了。

“德能教育”刚开始的时候，这位女生并不认同“德能教

在医院实习的黄埔卫校毕业生

育”中某些大的理念，但后来通过《弟子规》的深入学习，尤其在学校“德能教育”整体氛围的影响下，她的一些认识和观念逐渐得到改变，而她自己的一些不良习惯和坏脾气也有所收敛。后来，这位女生和初来学校时相比，学习和生活各个方面都发生了很大的变化，并顺利地拿到了毕业证。

这位女生的转变，让熊莉源感到很是欣慰。不过，熊莉源告诉我说，开展“德能教育”虽然意义重大，很有必要，但现在社会上也有一个不好的现象，这就是，如果一个学校出了一个高考状元，这个学校一定会成为一个名校，老师也一定会成为一位名师；但一个学校要是教出了一个甚至一批品德优秀的学生，这个学校依然还是这个学校，老师也依然还是这个老师，甚至连像样的表扬和奖励都得不到。这种社会价值取向和不良风气，我希望尽快能有所改变。

黄埔卫校校园，同学们课间休息时。

第十二章　德能成就人生

43

从 2007 年到 2016 年，“德能教育”在黄埔卫校已经开展了整整 10 年。

10 年来，“德能教育”的办学理念从最初的茫然、困惑、不理解，到后来形成新的办学理念和独特的教学系统和模式，并逐步转化为全校师生的人生理念和自觉行动，从而让“德能教育”融入课堂，融入学生的生活，甚至融入学生的家庭，经历了一个极其艰难而非同寻常的过程。

10 年来，黄埔卫校的全体教职员工既是教育者，又是受教育人。“德能教育”既改变了他们的观念，也提升了他们的

学生们的业余生活

认识。年轻教师爱岗敬业，内外兼修，积极献身教育事业；中年教师以身作则，兢兢业业，努力发挥骨干带头作用；中层干部团结一心，精诚合作，发挥了最大的管理效益。

10年来，在“德能教育”的感召下，黄埔卫校学生们内强德能，外练技能，行孝守悌，谦恭礼让，不仅德能水平大幅提升，技能水平也有长足进步；不光熟练掌握了护理、康复等技能，同时还学到其他各项技能知识，真正做到了“德能与技能并重，一专多能”，为各自今后的人生之路打下了一个坚实基础。尤其是在做人做事方面，每一届毕业的学生都有很大的进步，甚至有的还发生了质的变化，不仅改变了个人的命运，也改变了家庭的困境。

而对黄埔卫校的认可，最有说服力的一个事实是，黄埔卫校招生情况发生的巨大变化——

2000 年到 2005 年，五年多时间里黄埔卫校每年招生人数不足 200 人，在校生仅有 520 人。

2005 年 9 月，上级重新调整了黄埔卫校的领导班子，欧阳焕文出任校长。这一年，黄埔卫校招生 500 人，翻了一番还多。

火热的招生现场

2007 年，欧阳焕文校长提出了“德能”和“德能教育”的新理念，黄埔卫校以“德能与技能并重，德能为先，一专多能，培养适应社会和卫生事业需要的实用型人才”为办学理念。这一年，在校生人数达到 1019 人。

2008 年，黄埔卫校与广东药学院合作，成立了成人大专教学点。

2009 年，黄埔卫校与周边的小企业合作，扩大了校园校舍。这一年，在校生人数上升至 3000 人，招生人数又翻了一番，在广东省属中职学校中排名第一。

2010 年，黄埔卫校招收新生 1052 人，完成招生率 172.3%，在广东省属中职学校中排名第一。

2011 年，黄埔卫校招收新生 1124 人，完成招生率 187.2%，在广东省属中职学校中排名第一。

2012 年，黄埔卫校在成人教育方面，又与广东医学院合作，成立了本科办学点，办学档次又上了一个新台阶。这一年，招收新生 1168 人，完成率 194.7%，在广东省属中职学校中排名第一，大中专在校生达到了 5700 人。

2013 年，黄埔卫校招生新生 1178 人，完成招生率 196.3%，在广东省属中职学校中排名第一，大中专在校生达到了六千多人。

2014 年，黄埔卫校大中专在校生达到了六千七百多人。由于德能教育的突出成效，黄埔卫校被省委宣传部命名为“培育和践行社会主义核心价值观示范点”。

2015 年 5 月，黄埔卫校成功举办第一届德能教育全国开放日暨德能教育电视台开播仪式。11 月，正式面向社会各界人士免费举办“欧阳焕文德能讲堂”，主动担当社会道德教育之重任。12 月，挂牌成为国家教育行政学院的“家庭教育重点研究基地”。

2016 年，黄埔卫校举办全国德能教育基地会议。至此，黄埔卫校在全国各地建立了几十家德能教育基地。“欧阳焕文德能讲堂”也开设了河北、广宁、湛江、东莞等分讲堂。德能教育的社会影响力和辐射范围越来越广……

德能教育已成为知名的教育品牌。

在短短 10 年时间里，黄埔卫校的在校生，从 520 人发展到了 6700 人，增加了 12 倍之多！尤其最近几年，随着“德能教育”的逐步深入开展，招收指标年年突破，招生形势一年比一年好，不仅许多家长争着把孩子送到黄埔卫校来读书，就是原来没有打算或者根本就不愿意到黄埔卫校读书的学生，也纷纷慕名而来。

欧阳焕文受邀到河北做德能教育专题讲座《德能与修德》

走访中，这样的事例数不胜数，譬如——

有个姓苏的考生，由于在校期间亲身感受到了德能教育的好处，2013 年又让妹妹也报考了黄埔卫校。

有个姓李的考生，因听说黄埔卫校“德能教育”对年轻人的成长大有帮助，便和母亲一起慕名来到黄埔卫校。但由于家庭贫困，母女俩缴了报名费后，连回家的车费也不够了。学校招办的老师了解到情况后，不仅把自己的午餐盒饭赠予母女俩，还自掏腰包，为母女俩买了回家的车票。

有个姓陈的考生，其姐姐正在就读大学旅游专业，并且马上就要实习了。当姐姐带着她到黄埔卫校就读，了解黄埔卫校“德能教育”的情况后，姐姐也向学校提出恳求，要来黄埔卫校上学。最后在学校及家人的劝导下，这位考生的姐姐才打消了转校的念头。

有个姓江的考生，本来已经从其他卫校毕业了，但当她了解到黄埔卫校“德能教育”的情况后，又到黄埔卫校继续学习。

有个姓曾的学生，已经从黄埔卫校的护理专业毕业了，但她觉得母校的“德能为先、一专多能”的教育理念非常好，于是毕业后的她于 2013 年 9 月又回到母校，再读一个康复专业。

有个姓何的考生，本已决定外出务工，不再读书，但暑假期间她陪同学到黄埔卫校报名时，对黄埔卫校有了一个全面了解和亲身的感受，结果第二天一早，她就跑到黄埔卫校报了名。

有个姓黄的考生，已经在另外一个大学上大一了，但了解到黄埔卫校“德能教育”的情况后，又离开原来的那所大学，重新到黄埔卫校就读。

有个姓赖的考生，中考考了 732 分，已进入重点高中提前批次，但在填写志愿时，却只填了黄埔卫校一所学校。问她为什么不考虑其他学校，她说她喜欢黄埔卫校的氛围，喜欢黄埔卫校的风气。

有一对钟姓姐妹，和父母一起慕名来到黄埔卫校，当家长了解了黄埔卫校“德能教育”的情况后，宁愿多交捐赠费，也要让两个女儿入读黄埔卫校。

有一对黄姓双胞胎，由于家是山区农村，非常贫困，父母为了让两个孩子都能入读黄埔卫校，到处借钱，东拼西凑，最后好不容易才凑足了两个孩子的学费。学校了解到该生的家庭实际情况后，经校务班子开会讨论、校长批示，决定把这对双胞胎的学费减掉一半。

还有两个学生家长的态度，也很有意思。一个是 2012 级高中班有一位家长，她的孩子本来已经被一家食品药品职业技术学院录取了，但她还是要坚持让孩子选择黄埔卫校。有人问她为什么？她说我们家相信黄埔卫校！而另一个学生家长，则专门托人给欧阳焕文校长捎去一句话，说：“我家还有一个女儿，如果明年没有考上大学的话，我一定把她送到黄埔卫校，送到您的手上！”

此外，我还了解到一个非常特殊的情况，即广东有一家人，家里有四个孩子，这四个孩子居然全部毕业于黄埔卫校！

为了弄清事情的真相，我专门采访了其中的一个孩子。

这个孩子叫叶美珍，家中排行老二。她家住在广东清远市阳山县黎埠镇，全家六口人，父亲、母亲和四个兄弟姐妹。由于父母都是农民，只能靠种地维持生活，但家里却只有两亩地，又在山区，所以家里非常穷困。因为贫困，父亲就去玩六合彩，想赢点钱，来支撑全家的生活。可没想到，就在她六岁那年，有一次父亲玩六合彩，一下输了三万元，一个家几乎就被这三万元击垮了！

叶美珍和姐姐读书的时候，学校只有两个老师，十来个

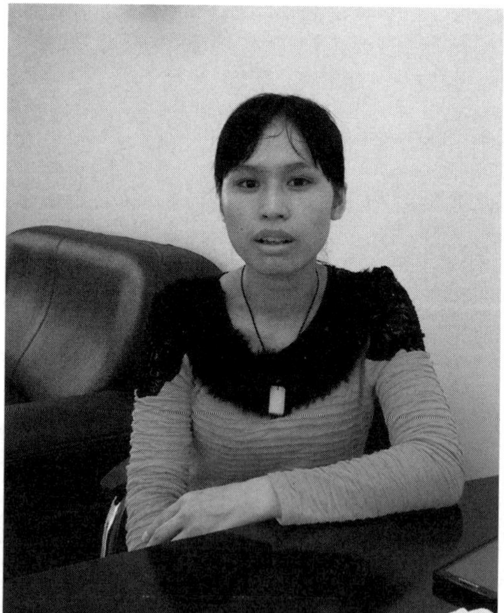

叶美珍同学接受采访时留影

学生，教室四面都在透风漏雨。家里没米，只有天天吃红薯，吃得发吐，因为粮食要拿出去卖钱来读书，但每天上完课还得回家干活儿；家里只有一张床，一家六口人只有睡在一张床上；家里没有电灯，只能点煤油灯；家里没有电视，她只能到别人家门口偷着看；家里甚至连衣服也没的穿，都是别人送的，大姐穿了给二姐，二姐穿了给大弟，大弟穿了再给小弟。衣服穿烂了就补，补好再接着穿。

叶美珍的姐姐叫叶玉巧。姐姐参加中考时在网上看到了黄埔卫校的简介，感觉不错，所以刚满 16 岁就入读了黄埔卫校，分在了蒋启文副校长那个班，读康复专业。但姐姐才读了半学期，就哭着找到当时的班主任蒋副校长，说不想读书了，想退学。蒋副校长问她为什么，她一开始不肯说，后来才说，家里很穷，弟弟妹妹都在读书，父亲最近又迷上了六合彩，输了钱，现在不仅交不起学费，连生活费都没有了。蒋副校长就对姐姐说，你的生活费我给你出，学费现在交不起没关系，能交多少交多少，不能交的，等你毕业工作了再交也行，还给了姐姐 200 元钱。这一来，她姐姐就没有退学，后来蒋副校长还让她做了团支部书记。

为了先供姐姐读书，叶美珍初三毕业后就出去打工。其实，叶美珍比姐姐只小一岁，而且读初中的时候，成绩非常好，但只因家里没钱，只好被迫放弃学业，出去打工，一是为了减轻家里的负担，二是可以保证姐姐继续读书。

姐姐从黄埔卫校毕业后，就对妹妹叶美珍说，黄埔卫校很不错，你去这个学校吧，姐姐挣钱来供你读书！叶美珍就回家参加考试，上了黄埔卫校，学的是康复专业，班主任恰好也是蒋启文副校长。那会儿叶美珍的两个弟弟也在读书，姐姐每个月的工资基本就用来供叶美珍和两个弟弟读书，所以家里生活依然非常困难。有一次，叶美珍就跟蒋副校长说，她的学费可能一次性交不全。蒋副校长就说，没有关系，以后再慢慢补上就行。后来蒋副校长还介绍叶美珍寒暑假去勤工俭学，这样可挣点学费钱。

后来，叶美珍的大弟弟初中毕业了，她和姐姐经过商量，决定也让他到黄埔卫校去读书，学康复专业。因为她和姐姐通过自己的亲身经验，觉得黄埔卫校确实不错；入读黄埔卫校，不仅对弟弟的成长大有好处，而且还能学到一门技术去帮助他人。但是，叶美珍的这个大弟弟进校后，特别调皮，最喜欢打游戏，课堂上还睡觉，甚至刚进校才几个月，有一次三更半夜就跑出去打游戏，把老师们吓坏了，全部出去找，最后才给找回来。所以叶美珍最担心的，就是害怕弟弟学坏了，给家里添麻烦。后来弟弟在蒋副校长和班主任的帮助下，慢慢变好了，也不逃课了，领导对他的评价也很高，他现在对父母也很孝顺，经常回去看父母，对曾经帮助过他的叔公也很好，每个月都要去看老人家，如果实在没时间，也要打电话问候。

再后来，由于受到两个姐姐和哥哥的影响，叶美珍最小的弟弟也进了黄埔卫校读书。这个小弟弟以前从来不给家里打电话，也不喜欢回家。但自从黄埔卫校开展“德能教育”后，父母每次生日，小弟弟都会回家，还给父母买礼物，而且懂得关心、体贴父母了。小弟弟学的是康复，毕业后工作上表现也不错，跟病人沟通时，不仅有礼貌，还很有技巧。

更让叶美珍感动的是，她毕业找工作的时候，第一次去广东省工人医院面试，欧阳焕文校长也担任该医院的院长。她对欧阳焕文校长说，我家里很困难，只有几亩地，希望能照顾我一下。她当时想，校长会不会看不起她这种穷人呀？但没想到欧阳焕文校长说，没事，我从来不看出身，只要你有爱心，技术好，工作态度好，有能力就行。然后，同意录用了她。由于那个时候她家一直在还债，后来她就想让她爸也出来工作，于是又跟欧阳焕文校长说了家里困难的情况，看能不能帮帮她们，让父亲在医院当个护工，干些杂活儿什么的，因为欧阳焕文校长同时也是医院的院长。没想到欧阳焕文校长也答应了，把她父亲安排在医院做护工。为此，她父亲非常感动，生活态度很快发生了很大的转变，对孩子、对家庭也很负责了，不仅改掉了以前不少坏毛病，而且从此以后再也不赌了！现在，她自己和姐姐都买了房，弟弟也准备买房。她爸经常感叹说，我这一辈子做梦都没想到，我们家还会有今天的生活，都是因为黄埔卫校啊！

采访结束时，叶美珍非常感慨，她这样对我说道：

> 黄埔卫校的确让我感到很温暖，这里的老师和同学就像亲人一样，对我们家四个孩子都很好，很亲切。这个学校总是为学生创造一切条件，关心你，爱护你，不会因为学生交不起学费就不要你上学，也不会因为学生贫穷就歧视你。说心里话，如果没有黄埔卫校，没有老师们的帮助，就没有我的今天，没有我们四姊妹兄弟的今天，也没有我们家的今天；黄埔卫校不仅改变了我个人的命运，还挽救了我们一家人的命运。我常常在想，一个冷漠的学校，是不会教出温暖的学生的。正因为黄埔卫校给了我温暖，给了我关心，给了我爱护，让我学会了如何做人做事，如何对待患者，如何关心病人，所以我现在在医院精神科工作，从来不会嫌弃病人，遇到有些病人不吃饭、不听话、

乱骂人，甚至打人的时候，我都会忍耐，从不还嘴，等他们把火发出来之后，我再慢慢跟他们解释。因为在学校搞“德能教育”的时候，校长和老师就教育我们，要善待他人，关心他人，帮助他人，成为社会最需要的人。所以我要努力把从学校学到的东西，运用到我的工作中，真心诚意地善待病人，视病人为自己的亲人，用自己的爱心去感化他们，用自己的实际行动，去报答社会，感恩学校。

44

随着“德能教育”的逐步深入与品德影响力的越来越大，近几年来，上级有关部门、省内外不少学校、单位和相关合作实习医院以及社会各界人士，先后纷纷来到黄埔卫校考察、参观交流。目前，到黄埔卫校调研考察和参观学习的上级部门、大中小学、科研机构、企业等有关机构已达一千多家。

黄埔卫校推行德能教育，提出德能教育的八字真言“行孝、感恩、奉献、利他”绝不仅仅是说说而已，而是真真正正、踏踏实实地在践行着。为了能够让“德能教育”惠及更广大的社会大众，黄埔卫校向社会公开的报告会、公开课、展示培训、讲座达八百多场。欧阳焕文校长受邀到全国各地以及

“德能教育”专家陈魁元老师为二年级学生做实习前教育讲座

省内有关部门、有关机构和学校以及社会所作的有关“德能教育”的专题讲座就达三百多场。

黄埔卫校还在全国各地建设了一批德能教育基地，无偿传授德能教育理念、理论、经验和成果。肇庆市广宁卫校、新疆石河子大学护士学校、河南省外贸学校、恒企教育集团、河北省垂成职业培训学校、广东省环保学校、云南省曲靖市工人疗养院、广东省工人医院、广东省东方现代艺术馆、广东祥利投资集团、湛江中医学校、广东学苑教育有限公司、江西省总工会井冈山职工教育基地、广东省连州卫生学校、

“德能教育”专家洪晓旋老师在肇庆市广宁卫校授课

东莞市总工会、东莞家政行业工会等等一批德能教育基地陆续挂牌，纷纷加入了德能教育大家庭。

为了帮助社会大众树立正知正见，激发人们正能量，开发人们本有能量和能力，达到身心和谐、家庭和谐、社会和谐。欧阳焕文及其德能教育专家团队还开办了“欧阳焕文德能讲堂”，吸引了众多社会各界人士及学生家长纷纷报名参加。讲堂取得了良好的社会效应，参加的学员们来自各行各业，他们有的是公务员，有的是企业家；他们有的是校长和大学教授，有的是在读的研究生、大学生……尽管他们的文化

台湾中国医药大学健康护理学院院长沈戊忠（右）对黄埔卫校的“德能教育”给予高度评价：这是一个非常了不起的理念！

水平、社会地位、经济状况等方面都不尽相同，但是他们在参加“德能讲堂”后都表示，讲堂让他们终生获益，深刻感受到了德能和德能教育的震撼力量！

为了更好地推广德能教育，黄埔卫校还创办了“德能教育电视台”，每天15个小时向社会播出有关德能教育的视频，推行德能教育，回归教育本原。电视台每天播出的内容不仅有欧阳焕文的系列讲座和专题讲座，还有黄埔卫校德能教育专家团队老师们的授课内容，以及学生们在校践行德能教育的点滴记录……这些内容精彩生动、极具教育意义的节目一上线，就深受观众的喜爱和欢迎，为提升社会大众的道德素质和“立德树人”作出了他们应有的贡献。

由于黄埔卫校“德能教育”成果显著，不仅给各单位留下了深刻的印象，也得到了上级相关部门和领导的重视与肯定，同时也获得了社会各界的好评——

广东省工会主席、省人大常委会副主任黄业斌说：

黄埔卫校的办学理念好，管理好，职工奉献精神好，校园文化好。学校教职工不到一百人，却管理了六千多人，真是很不容易。德能教育，是一块响当当的牌子。

由于黄埔卫校德能教育在培育和践行社会主义核心价值观方面成果显著、成效突出，黄埔卫校被广东省委宣传部命名为首批“广东省培育和践行社会主义核心价值观示范点”。全省仅有18所学校获此殊荣。

国家教育行政学院培训部主任许玉乾教授说：

黄埔卫校的“德能教育”，不管是理念还是实践，都值得同行学习，是目前国内学校中的德育工作和传统文化教育抓得最好的、最有特色的学校。

国家爱晚工程领导小组副组长、广东省国际生命科学基金会会长吴振钧说：

没想到黄埔卫校的德能教育能够取得如此震撼的教育效果，这种教育对学生道德素质的培养具有深远意义。欧阳焕文校长把道德教育事业做得这么大、这么好、这么精，可以说黄埔卫校创造了一个奇迹。德能教育是一种重在立德的教育，是以德治党、以德治国、以德修身、以德治家的一种重要形式。

教育部主管德能工作的有关领导到黄埔卫校调研后，对德能教育的成果高度赞扬和充分认可。他说：

德能教育的理念使黄埔卫校几年间从一个五百多人的麻雀学校发展成为一个六千七百多人规模的品牌学校，不得不说是一个奇迹。并由衷赞叹：“一个好校长就是一所好学校！”

中国作协作家安敏在来黄埔卫校深入采访之后说：

德能教育是中国教育的拯救者！

广东省中等职业学校德育研究与指导中心主任汪永智教授说：

“德能教育”课题研究主题突出，目标明确，内容丰富，方法得当，研究深入，成果丰硕。黄埔卫校通过课题研究，创新性地探索形成了“德能教育”特色品牌，有理念、目标、研究、实效和推广价值；有力促进了广大学生的健康成长；全面提升了教师队伍的素质；有力促进了学校各项事业的发展；形成了诸多理论成果，对各学校的德育工作有很强的借鉴作用。

广东医学院副院长颜大胜说：

黄埔卫校“德能教育”的办学理念模式、内容、方式、方法及目标成效和培养出的学生正是当今社会最需要的，这种教育具有很强的针对性和可操作性，值得借鉴到大学教育中，更值得向全社会推广。

广东医学院有关领导专家评价说：

德能教育是中国教育界一颗璀璨的明珠。

广东省卫生职教协会会长李莘说：

毫无疑问，黄埔卫校的“德能教育”已成为全省卫生职业技术学校的典范，他们的开放式教育、自我教育、形象化教育、载体式教育、社会实践教育等，值得各个中职学校学习借鉴。

《中国劳福事业》杂志主编袁初明说：

现在全社会都越来越重视“德”的作用和地位，但很多院校都还没有找到如何培养学生“德”的突破口，黄埔卫校却找到了。欧阳焕文校长提出的“德能为先”的办学理念，指引着黄埔卫校进入一个健康的发展轨道，让传统的《弟子规》焕发了当代社会的光辉。一部《弟子规》总共才千多个字，却具体列述了弟子在家、出外、待人、接物与学习上应该恪守的规范，蕴含着做人、做事、成人、成才的大智慧。突破在于思路，思路决定出路，黄埔卫校“德能教育”的理念找到了办学的出路，使一个过去名不见经传的“麻雀学校”，短短几年就发展成了一个名声在外的具有特色的品牌学校，可见这“德”的能量，不可低估。

香港工会联合会副会长陈有海认为：

黄埔卫校的德能教育应该成为全社会的必修课。

台湾中国医药大学护理学院沈戊忠教授在了解到德能教育的内容之后，由衷地赞叹：

这是一个了不起的理念。

佛山市南海信息技术学校学生科科长洪志龙说：

一踏入广东黄埔卫校的校园，就给我一种清香扑鼻、恍如世外桃源的感觉，这里的教师、这里的学生、这里的一景一物，都充满着生机与活力。《弟子规》已成为该校的德育灵魂，和这里的教师、学生、地理环境是一种天然的契合。

江门市新会机电职业技术学校学生科科长林惠爱说：

山不在高，有仙则名。黄埔卫校令我们职教人眼前一亮的，并不是恢宏的教学楼，而是“德能教育”氛围下师生们的活力与灵气。“德能教育”带给黄埔卫校的生机与活力，也给我们这些德育工作者打开了另外一扇窗。

原湛江中医学校的梁观林副校长说：

我做过三十多年的教学工作，现在办学办到这个样子，教学教到这个样子，这不是他们这一代人的责任，而是我们这一代人的责任。现在的教育是整个模式出问题了，但黄埔卫校走出了那个怪圈，走上了自己的道路。一个中等职业学校能够把学生带到这个样子，哪个家长不放心！我们做教育工作的，不可能把每个学生都培养成伟人，但至少要把学生培养得像一个人！这一点黄埔学校做到了，我佩服！

此外，走访中我还发现，学生家长们对黄埔卫校开展的“德能教育”，普遍表示满意。10 年来，先后竟有一百多位家长给黄埔卫校写来感恩信，不仅对学校的“德能教育”给予充分肯定，而且还明确表示要大力支持黄埔卫校；尤其是对自己的孩子上学后发生的转变，家长们充满了由衷的感激之情。

为了真实地了解黄埔卫校，我查到了部分家长的亲笔来信，现将其中主要内容摘录于下，让我们一起来来看看吧——

2011 级 20 班李建娣的家长李志明来信说：

我写这封信的目的只有一个：感谢学校！学校的《弟子规》教育把我的孩子从丑小鸭变成了白天鹅。贵校“先学会做人，再学会做事”的教学理念，很适合现在的中专学子，更适合现在的社会。我女儿现在经常会提到《弟子规》，在我犯错误时，就会来一句“过能改，归于无，倘掩饰，增一辜”。当然我也会在她不努力学习时说一句：“宽为限，紧用功，功夫到，滞塞通。”

2012级高中班学生黄城斌的父亲来信说：

一开始对孩子的变化不可思议，后来跟班主任交流，才知道这是学校“德能教育”的结果。过去我的孩子让邻里讨嫌，一点都不懂礼貌，现在一个个的夸赞，让我们心里甜滋滋的，感到很骄傲。

2012级18班赵海玲的家长赵守禄来信说：

我孩子在贵校学习近两个月来，每次打电话回来都会和我们说许多学校的活动，从她快乐的话语中，能听出学校生活的丰富多彩。当她电话告诉我竞选学生会成功时，我能感受她那激动的心情，但也担心她身上的责任与负担，她说这是对自己的磨炼，我们就尊重了她的决定。

2011级6班李金玉的家长来信说：

以前贪玩、任性的孩子，现在变得事事都为父母着想，懂得什么叫感恩，什么叫孝敬父母，这证明当初送孩子到黄埔卫校就读是很明智的选择，是贵校的“德能教育”感染了她，是黄埔卫校点燃了孩子心里那把火，浇灌了孩子心中那棵生命的幼树，是老师们教会孩子学习知识，认识世界，感受生命，一个人唯有学会感恩，感谢父母，感谢师长，感谢一切给予自己帮助的人，才会更加热爱生活，关爱他人。

2012级护理12班邓雪怡的母亲刘兰芳来信说：

我看到学校重视的不仅仅是孩子的学习成绩，孩子学到的也不仅仅是课本上的知识，而更多的是怎么做人。我深知一所好的学校、一个好的老师对一个人一生的影响有多大。记得有一天早上，孩子睁开眼睛，伸出手搂着我，亲昵地说，“妈妈，谢谢您生养了我，还为我选了这么好的学校，我一定会好好学习，将来成为一名优秀的护士，以此来回报您！”听了孩子这话，我非常感动，非常欣慰！

2012级护理4班翁银丹父亲翁龙强来信说：

开学时我送孩子到学校，虽然老师为我们讲解了学校以《弟子规》为蓝本的“德能教学”理念，但我当时并不很相信，现在有哪所学校在真正为孩子着想呢？虽然这所学校是熟悉人介绍的，但我的心依然悬着，我只是想赌一把，才咬着牙把女儿送到了贵校。这次放暑假回来，女儿的变化真的让我欣喜万分！我这才感到，我当初“赌”对了！学校竟然能把我那叛逆的女儿真正地脱胎换骨，太神了！以前我那宝贝女儿啊，你说一句她顶两句，在学校不是玩手机就是玩耍吵闹，一个月起码要接到老师三四次电话，还经常早出晚归，整天为她提心吊胆，你去教育她，每次都以吵架收场。人又懒，对外人也不懂礼貌，我们都想放弃了。但朋友说再想想办法吧，听说黄埔卫校的校风很好，只是越来越难进。我说那就再赌一次吧，让她再去糊弄几年算了！哪想到，现在的女儿让我这么开心，懂得关心我们了，每天都会给我打电话，有什么事也会跟我们商量，每次回家还会主动做家务，并愿意跟我们讲学校的事。这一切都是我曾经幻想的事，没想到学校竟把这一切变成了现实。我为女儿赌明天，嘿，我赢了！

2012级护理12班邓家仪的母亲刘凤珍来信说：

现在的孩子大多数都是独生子女，他们将来面临的社会竞争日渐激烈，未来社会对人才的要求也越来越高。所以让家庭教育、学校教育、社会教育结合起来，才能为孩子的健康成长铺平道路。我现在感到家长是越来越难做，为人父母再也不仅仅是把孩子养大、不让他饿着冻着、供他读书上学了。我总在想，在孩子心里，我到底应该扮演一个怎样的角色呢？家长的一言一行无时不在潜移默化地感染着孩子，家庭的人际关系和文化氛围都对孩子的成长起着巨大的影响。或许我也应该是个教育者，虽然我做的不够，但是我会不断探索教育孩子的方法以积极配合学校的工作，让孩子有一个既严格又宽松的环境。感谢学校的德能教育，让孩子生活在学校这个有道德、有激励、有温暖的大家庭里，让她成长得这么健康，这么有力量，这么有希望，减轻了我作为家长教育者肩上的压力。我为孩子能在黄埔卫校学习感到庆幸。

2012级2班徐观尊的家长来信说：

亲爱的校长和老师，感谢学校给了我们家庭的快乐。这些日子以来，我的孩子对感恩、孝亲的词义有了更深刻的理解，更懂得珍惜，在精神上比以前更有了朝气和活力，学会了做人，做事。希望贵校能把德能教育在社会上推广得越来越广，希望更多的家长和家庭受益，让社会更加和谐起来。我相信贵校一定会培养出更多的社会有用人才，一定会让《弟子规》结出更多的果实！

2011 级 15 班罗丹琳的家长来信：

记得刚入学的第一天，我是多么的担心，让孩子独自一个人去面对陌生的环境和陌生的老师。后来，每一次孩子回家，我都能发现丹琳的成长和进步。她知道心疼父母了，主动做家务了。渐渐地，她也走出了以前中考成绩差、前途未卜的迷茫，对未来的职业充满喜爱和信心。如今，她已经是一名护士了。现在想来，正是德能教育教会了孩子孝敬与礼貌，成长与成才。我的感激，难以用言语表达。做教育，需要一种热情，不带任何功利色彩和功利计算的热情，对孩子的爱和对社会的责任。德能教育做到了！

家长们的这些来信，既是对黄埔卫校的最大鼓励，也是对黄埔卫校的最大肯定。

45

俗话说得好："种瓜得瓜，种豆得豆。"

黄埔卫校倡导的"德能教育"，经多年的实践，结出了丰硕的果实，每年都有数千名毕业的学生，走出校门，步入社会，成为社会需要的人。

护士资格证考证通过率是衡量一所卫生院校教学质量的金标准。在多年推行"德能教育"的影响下，黄埔卫校的学生不仅道德水平人人提升，专业素养和知识水平也毫不逊色。黄埔卫校的护士资格考证通过率逐年攀升，2013年达到85.2%，2014年达到91%，2015年达到92.3%，在全省28所卫校中名列前茅，已经远远超过了中专和大专的全国平均通过率，并超过了本科水平的全国通过率。

走访中，我查看了黄埔学校近六年的毕业生分配表，该分配表明确显示，从2010年至2016年，黄埔卫校的毕业生就业率连续六年达到百分之百！即是说，平均下来，每个学生就有两个以上用人单位争着抢。而且很多学生在实习期间就被用

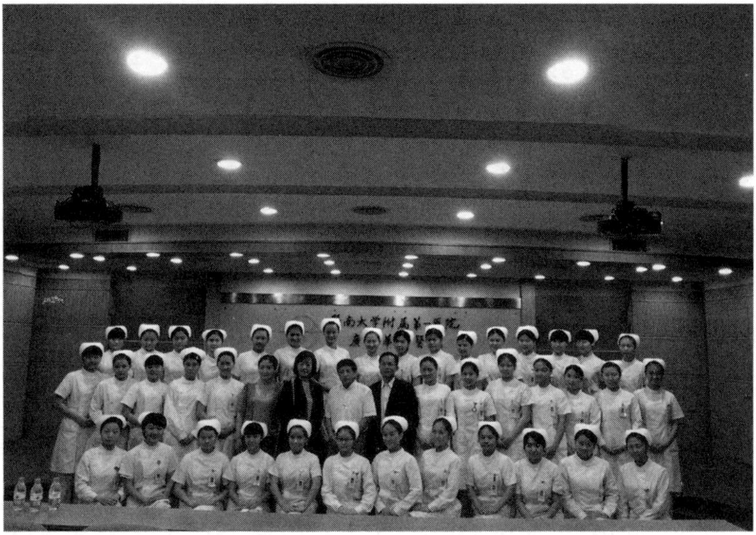

作者与黄埔卫校毕业生及暨南大学第一附属医院的专家们合影

人单位看重，一毕业即被留用。尤其在近几年的校园现场招聘会上，来自珠三角地区的医院企业单位，每年都有近百家单位前来学校要人。此外还有很多也想招聘黄埔卫校学生的单位，虽然因各种原因不能来到现场，但也希望黄埔卫校能给他们推荐更多的毕业生。这些单位的人说："黄埔卫校这几年培养的学生，知礼、懂礼、守礼，会做人，会做事，业务技术也不错，这样的人才我们为什么不抢？为什么不用呢？"

欧阳焕文校长在每个实习生离开学校，走向实习岗位之前，一定会与同学们面对面进行讲座，每个同学都有机会到现场聆听欧阳焕文的谆谆教诲。目前，除在全国各地所做各种课题讲座外，欧阳焕文面向师生和全社会共作了二十多个课题的德能教育系列讲座，并向全社会直播和重播。内容包括《德能与真理》《德能与做人》《德能与孝道》《德能与〈弟子规〉》《德能与礼仪》《德能与观念》《德能与自我管理》《德能与舍得》《德能与明德》《德能与信德》《德能与立德》《德能与品德》《德能与家庭教育》《德能与社会人生》《德能与修得》《"知本"才能回归德能》《"舍"才能回归德能》《不断舍去习气才能圆满德能》《做到才能回归德能》《德能在生活中，生活在德能中》《德能理念是明德理念，德能教育是明德教育》《孝是能量——德从孝有，德从孝始，德从孝入》《讲观念决定人生——再谈观念的修正（证）与明德的重要性》等等。通过系列讲座使师生们和收看讲座的人们明白德能理念和德的真相，做到明德、信德、舍得、品德、立德，并在生活、学习、待人接物、行住坐卧中时时处处践行德能教育。

黄埔卫校实习培训科的科长陈魁元说，华侨医院过去只要了黄埔卫校10个实习生，而就这10个实习生，还是看在校长的面子上，带点照顾性质的。但后来他们医院就要得多了，2012年要了27个，2013年一下要了47个。还有原来的东莞康华医院，这是一家全国一流的私人医院，设备一流，护士都是大专以上，对实习生的要求很严格；但2013年，他们在黄埔卫校一下就挑选了15个，并表示还要来选。另外还有广州开发医院，过去每年只要四个，但2013年一下就要了24个。这些医院表示说，黄埔卫校的新生实在太好了，不要的话，太可惜了。

黄埔卫校德能科科长荣爱珍也说，“德能教育”对学生去实习单位工作，很有帮助。我有个在华侨医院工作的同学，有一天给我打电话，说她实在是忍不住了，必须要给我打电话反映情况。一开始我还以为她要投诉我们学校，后来她才对我说，跟在她身边的黄埔卫校的学生，既懂礼貌，又有责任心，技术也很不错。我说那是因为你们临床老师带得好。她

欧阳焕文校长与家长们交流

说不是的，我们带过好多学生，没有黄埔卫校这么优秀的。我作为黄埔卫校的老师，听到这样的反映，知道学生们成长了，懂得尊敬老师了，也会做人做事了，就非常高兴，很有成就感和幸福感！

的确，据统计，近几年来黄埔卫校每年都要向社会提供2000名以上的就业人员！这一数字足以说明，这所当年的“麻雀学校”，今天的中职名校，就像当年的黄埔军校一样，已成为社会一道良好的口碑！

那么，这些在黄埔卫校经过“德能教育”的学生，离开

黄埔卫校校园一角

校园、步入社会、走上护士岗位之后，到底又是一个什么样子呢？

我为此走访了两个医院，一个是暨南大学附属第一医院，另一个是广东药科大学附属第一医院，专门对这些孩子进行了一次实际调查。调查结果表明，凡是在医院实习的黄埔卫校生，几乎都赢得了患者和医生护士的高度认可。

比如，在暨南大学附属第一医院实习的陈思婷。陈思婷在黄埔卫校学习时，不仅懂得了做护士要有爱心，还要细心。在医院实习期间，她在门诊、消化科和神经外科都待过，无论在哪个科，她的工作都非常细心。比如给病人测血糖，一般是在吃完饭两小时后，但这个时候医院的老师们都非常忙，容易忘记时间，她就去问测血糖的病人，什么时候吃的早饭，然后把准确的时间记在小本上，等两小时后，再提醒老师去给病人测血糖。还有一次，她刚去医院，给病人扎血糖针，由于针头又尖又细，一不小心就把病人给扎疼了，病人很生气，一甩胳膊走了。她感到非常内疚，便主动找到那位病人赔礼道歉。后来她天天练习，反复请教老护士，每次扎针都非常细心，每次看到那个病人都说对不起。结果，那位病人被她的爱心和细心所深深打动，反而不好意思了，并主动找她打针，还夸她是个很尽职、很细心的护士。

再比如，在暨南大学附属第一医院实习的黄静浪。黄静浪在消化科实习的时候，有一个患胃癌的 87 岁的老爷爷，有两个女儿，一个在香港，一个在深圳，都不在身边，只有老伴在身旁照顾他。老爷爷的病已经到晚期，瘦骨如柴，已经不能吃饭，只能靠输补液维持生命。但由于他太瘦了，老护士给他打针都很艰难。有一次一护士打针把他扎疼了，他再也不肯打针了。医生护士都劝他，但老爷爷躺在床上，不说话，用哀求的眼神望着大家，非常痛苦的样子，就是不肯打针。后来等其他人都出去后，她就坐到老爷爷的床头，拉着老爷爷的手，慢慢开导他，劝慰他，和老爷爷说了许多知心话。结果，第二天老爷爷就同意打针了。后来老爷爷去世后，她心里非常难过，在护送老爷爷时，还落下了眼泪。黄静浪说，她在学校学了《弟子规》，受益不浅，走向社会后对她做好护士工作帮助很大。

为了了解黄埔卫校毕业实习生走向社会的真实情况，我还专门走访了医院的部分医生、护士和相关负责人，他们对黄埔卫校的实习生给出了中肯而公正的评价。下面是其中几位的访谈录——

暨南大学第一附属医院陈伟菊主任说：

我们跟黄埔卫校的合作已经很久了，但是真正感觉到他们的变化是最近这几年，特别是学生在礼仪、待人接物、对病人的态度等方面，明显感觉到有很大变化。我们从走到黄埔卫校校门口那一刻起，就能感觉到这种变化。在招生过程中，有个学生跟我们说，她一直很调皮，她妈妈对她也很头疼。但是在学校学了《弟子规》后，妈妈发现她简直像换了个人。我们每年招聘的时候，全国有很多学生都会来到招聘现场，有贵阳的、皖南的、江西宜春的、梅州的等十多个学校，但我们能很明显感觉出哪些是黄埔卫校

暨南大学第一附属医院陈伟菊主任接受作者采访时留影

的学生，这些孩子能让你感觉到他们是一个团队，是一个整体。本来，按照我们三级甲等医院的标准，是不招中专学生的，但是看到黄埔卫校孩子的才艺，看到他们的待人接物礼仪，听到他们跟你说那些做人的道理，我真的很舍不得他们，很希望他们在毕业后能留下来工作。如果黄埔卫校不是近几年发生了这么大的变化，我们肯定不会再收中专生的。

陈伟菊主任的助理邹海花女士说：

我们是三级甲等医院，每次去黄埔卫校招人的时候，对黄埔卫校的学生印象都很深。这些孩子懂礼仪，有责任心，而且技能方面也很好。我们这里的护理专业都是高学历，有博士，有硕士，他们在科研和理论方面很强，但动手能力并不一定比中职的孩子强。我们的临床老师都说："黄埔卫校的孩子学历低一点，不怕，他们动手能力强，态度很好，跟病人沟通也很认真，很诚恳，经常都是面带微笑，护理这块的传统礼仪做得非常好，我们愿意要他们。"所以，这两年黄埔卫校到我们这里来实习的人数越来越多，以前只有十多个，今年有四十多个，比其他学校多。这些孩子大多数都是留守儿童，或者家里环境不太好，所以他们没有机会上更好的大学，但是他们去了黄埔卫校，可以说是改变了自己的一生。我有两个亲戚的孩子，都去了黄埔卫校，两个孩子去黄埔卫校后，回到家里就像变了一个人一样，待人接物非常有礼貌，而且做事也很认真。去年我们医院30年院庆，我们一共组织了三十多个礼仪接待，其中黄埔卫校占多数。这些孩子早上六七点就跟着我出去迎宾，穿着高跟鞋，一直到晚上七八点。在这过程中，她们就没歇过，一直面带微笑，非常认真、尽责。到中午了，我让她们去吃饭，都不愿意去，怕有嘉宾过来。而其他学校的学生早早地就去吃饭了。其实没有人要求她们这样，当时我们真的很感动。另外，在临床上，我们会做病人满意度调查，很多病人都对黄埔卫校的孩子很满意，说他们会跟自己聊天，常常面带微笑，晚上会来问有没有吃饭，有无大小便。而且黄埔卫校学生的稳定性也很好。其他学校有的孩子会闹点情绪，或者不来上班，但黄埔卫校的孩子这么多年从没有这种现象，个别人即便偶尔有迟到，也会打电话来说明原因，责任感非常强，所以我们特别放心。

暨南大学第一附属医院护士长陈瑛说：

黄埔卫校教学规范，跟其他学校相比，学生在礼貌、礼仪上很有特色，其他学校可能只注重理论。我们神经外科有 31 个护士，有四个是黄埔卫校毕业的学生。她们的工作主动性比较强，科室很忙很辛苦，但她们都没有什么抱怨。作为护士长，有时候会告诉一些新来的学生哪些地方做得不对，其他学校的学生可能会跟你争辩，但是黄埔卫校的同学却能虚心接受意见。

暨南大学第一附属医院邓奕奕老师说：

黄埔卫校给我印象最深的有三个学生：张雁飞、吴晓娴、袁烨童，他们三个人性格都不一样。张雁飞同学性格开朗、活泼、热情，病人跟我的反映也很好。这个孩子的接受能力很强，教她的东西在第三周就可以自己一个人摸索操作。有一天早上，病人出现低血糖，她都已经知道该怎么做。吴晓娴同学比较内向，理论方面很扎实。她很好学，有上进心。经常在上夜班的时候，就经常向老师请教各种问题，比如甲亢的病人、糖尿病的病人应该注意些什么，然后用笔认真记下来。袁烨童会唱歌，也会跳舞，很热心。每月我们都要办黑板报，她都能很好地配合老师把黑板报设计好。整体上来说，我们对黄埔卫校的孩子挺满意。现在我们这儿有很多护士都是黄埔卫校毕业的，她们还报考成人大专、本科。这些孩子责任心都很强，上手也很快，有些学生只是看着你做，她就知道该怎么操作了。黄埔卫校的学生也很勤奋，我们每天早上 8 点上班，她们在七点半就已经把衣服都换好了，然后给夜班老师帮忙，快 8 点就去交接班，下班也从来不早退。她们很单纯，很团结，彼此没有矛盾。虽然她们都是 96 年或 97 年的孩子，但一点都不娇气。

一位负责实习生的副院长说：

这两年我经常接触黄埔卫校的学生，我对他们个个都很放心。因为黄埔卫校的学生非常有礼貌，在医院实习期间，他们见了谁都叫老师，甚至见了扫地的阿姨也叫老师；这还不重要，重要的是，黄埔卫校的学生有爱心，讲诚信，尽责任，而医院就需要这样有爱心、讲诚信、尽责任的护士。这是黄埔卫校"德能教育"的成果。像这样的学生，正是医院需要的人，也是中国社会需要的人，即便她们学历再低，我们也欢迎！

……

是的，医院需要有爱心、讲诚信、尽责任的护士，社会也需要有爱心、讲诚信、尽责任的人。这让我想起护理事业的创始者南丁格尔。一百多年前，南丁格尔以最无私的奉献精神，救死扶伤，为护理事业奋斗终身，用一生践行了"燃烧自己、照亮别人”“救死扶伤、无私奉献”的人生格言，默默地救护了无数的生命，最终开创了护理事业。从此，护士被世人冠以“白衣天使”的神圣称号。

然而，“白衣天使”这个神圣的称号在今天这个时代，已经变成一个相当奢侈的名词了；甚至“黑医生”“黑护士”，已成为部分中国人常常挂在嘴边的口头禅。中国医患关系的紧张，主要原因当然是社会的、多方面的，但有些矛盾的发生，也与医生护士直接有关。因此，我希望黄埔卫校的学子们穿上白大褂后，永远不负“白衣天使”这一神圣的称号。

黄埔卫校的学生实习归来

尾声　德能无量

一个深秋的傍晚，我与欧阳焕文校长一起散步。

散步的地点不在海边，不在公园，而在黄埔军校旧址前的一条小道上。

我和欧阳焕文校长边走边聊，聊老子，聊孔子，聊《弟子规》，聊《道德经》，聊《大学》，聊《金刚经》，聊《六祖坛经》。

聊到《道德经》和《六祖坛经》，欧阳焕文滔滔不绝，侃侃而谈。

我说，看来你对《六祖坛经》也很有研究。

欧阳焕文说，是的，我在二十多年前，曾经有过研究。您呢？

黄埔军校门前

我说，我对《六祖坛经》没有研究，只是粗粗翻过而已。但其中有两首偈子，印象很深。

欧阳焕文问，哪两首？

我随口背了出来：

身是菩提树，
心如明镜台。
时时勤拂拭，
勿使惹尘埃。

欧阳焕文说，哦，神秀大师的。

接着，我又背了第二首：

菩提本无树，
明镜亦非台。
本来无一物，
何处惹尘埃。

欧阳焕文说，这是慧能的。慧能就是凭着这首偈子，成为禅宗六祖。所以，后人对慧能的这首诗评价很高。

我说，其实，我认为这两首偈子，体现的是不同的境界。第一首，神秀的，体现的是人的境界，体现修养的功夫；第二首，慧能的，体现的是身心皆无的境界。不知我这么理解对不对？

欧阳焕文说，正确。只是，不是我们每个人都能轻易达到身心皆无的境界的。所以神秀的那首，对于我们常人修身养心来说，可能更容易理解一些。

我说，对，我们每个人的身体，按神秀的说法，都是一棵智慧树。我们的身心原本清净、明亮，纯洁如婴儿，只因身在滚滚红尘，心处滔滔浊世，万千滚滚尘埃难免不浸透我们的身心。遗憾的是，我们懂得每天如何打扫自己的庭院，却常常不知道应该怎样打扫自己的心灵。结果，一颗原本纯洁的心，落满尘埃，不干不净，诸多“细菌”疯狂滋生，渐渐变成了一颗胀满各种欲望的“尘心”。

欧阳焕文说，所以神秀说，要“拂拭”，而且是“时时勤拂拭，勿使惹尘埃”。如果不“勤拂拭”，让尘埃积累得多了，也就擦不净了；因为今天的灰尘擦去了，明天的灰尘还会卷土再来，本有德能就是这样被遮盖的。

我说，是啊，人生原本就是修行的道场。但一个人身处浊世，要真正做到“心远俗尘”，不易啊！

作者（后排左四）与黄埔卫校部分老师合影

欧阳焕文说，正因如此，所以我要坚持推广“德能教育”，从教育入手，从青少年抓起，以人为本。

我说，记得易中天先生曾经说过，中国教育的目标是“望子成龙”；标准是“成王败寇”；方法是“死记硬背”；手段是“不断施压”，还美其名曰“压力即动力”。至于孩子们是否真实，是否善良，是否健康，是否快乐，没人去想。最需要“以人为本”的领域，却最不拿人当人。我基本同意易中天先生的这一观点。因为在我看来，教育的根本任务，或者说终极目标，就是要使人成其为“人”，成其为一个真正的人，一个有自由、有幸福、有尊严、有道德的人！这才是教育最大的价值和意义所在，更是中国教育最大的价值和意义所在。

欧阳焕文说，对，教育就是要使人成其为“人”，成其为对他人有用的人，对社会有价值的人，甚至对世界、对人类有贡献的人！而要成为这样的人，我认为就必须要具备应有的德能；不具备应有的德能，一切便无从谈起。中国社会道德的缺失，滑坡，需要“德能教育”。正如《大学》讲：“有德此有人，有人此有土，有土此有财，有财此有用。德者，本也，财者，末也。”这就是我为什么要坚持“德能教育”的真实原因。

我说，是的，梁启超先生早就说过："教育，就是教人学做人。"而做人问题，在我看来是最重要的一个问题。记得2014年网上评选"十大缺德行业"时，教育居然被排在了第一位。这个排名未必正确，但教育是一个国家的灵魂，任何时候灵魂不能出问题；灵魂一旦出了窍，机体就有腐变的可能。

欧阳焕文说，所以，我一直认为，教育问题，是非常重要的问题。一个国家之所以能强大，都与教育大有关系，比如日本、美国等。我坚信，教育不仅能教人学做人，而且教育还可以改变孩子们的命运。

我说，看来中国的教育到了非改不可的时候了，关键在于如何改革？

欧阳焕文说，是的，为了改变中国教育的现状，让更多的人拥有健康的心灵、优良的品德，让更多的人回归本有德能，我会继续坚持探索和推广"德能教育"。

望着欧阳焕文一副踌躇满志、无所畏惧的样子，我想起胡适先生曾经说过的话："中国的教育，不但不能救亡，简直可以亡国。中国并不是完全没有进步，不过惰性太大，向前三步又退回两步，所以到如今还是这个样子。"当代著名国际政治学者资中筠先生也说："教育不改，人种都要退化。"两位先生谈到中国的教育，虽然时代不同，角度不同，却都说到了中国教育的重要性问题。而欧阳焕文出于一种对社会的责任，一种对历史的担当，舍弃其个人名利，以一位实践者的和布道者的身份，来探索中国教育的路子，其精神实在难能可贵，令人钦佩！

想到此，我又想到一个人——美国哈佛大学的威廉·菲兹西蒙斯先生。20 世纪 60 年代，哈佛还是一所被世人公认的“为精英阶层量身定做”的大学，而一个叫威廉的穷小子却偏偏要去报考这所大学，他的老师不仅拒绝为他写推荐信，还极力劝阻他说：“那地方不属于你，你不可能融入哈佛的。”威廉还是去了，得到的答复是三个字：“不可能！”然而后来，出乎所有人预料的是，威廉不仅进了哈佛的大门，而且还留在了哈佛，并成为哈佛大学的“最高长官”——招生办主任！此后，在威廉的推动下，哈佛最终改变了旧有的招生录取标准，让哈佛对所有的学子都打开一扇同样的大门：不管你是腰缠万贯的富豪，还是急需帮助的穷人，哈佛只考虑申请者本身素质，而不考虑你是富人还是穷人。于是，公正的招生制度和大力度的奖学金政策，抹平了学生在入学前的差异，让所有追逐梦想的莘莘学子都能站在同一起跑线上；宁静的校园里不同肤色的人不仅越来越多，此前几乎不见女生的教室里也坐了一半的女生；而推动哈佛招生制度改革的威廉，则被哈佛的老校长称为“大学的良心”！

是的，良心。大中专学校是社会的未来，要办好这些学校，最根本的一点，就是学校要有良心。当年的威廉对所有的莘莘学子打开了一扇同样的大门，讲的是良心；今天的欧阳焕文对贫困的农民工子弟也敞开了一扇同样的大门，讲的也是良心。但欧阳焕文的大门敞开后，就万事如意、一帆风顺吗？

我问欧阳焕文，如果说有问题和困难的话，黄埔卫校现在面临的问题和困难是什么？

欧阳焕文说，推行“德能教育”后，黄埔卫校虽然取得了快速发展，从破败不堪到生机盎然，从弱到强，从默默无闻到名气大增。其间也遇到不少困难，但这些困难却迎刃而解了。当然，目前社会上片面强调高学历的风气，对中专毕业生的实习和就业也带来了挑战。

我说，看来，中职学校不好办，尤其是卫生类的中职学校。因为这类学校很不起眼，很难得到重视。但中职学校办得好不好，对社会有着直接的影响，比如卫生类的中职学校，为社会输送的是白衣天使，是直接为千千万万个患者服务

黄埔军校旧址纪念馆

的，要是责任心不强，哪怕一点差错，都将人命关天，有可能酿成大祸！

欧阳焕文说，是啊，中职学校的确面临不少挑战，但我们必须办好。因为很多中职学校的孩子，除了家庭贫困以外，个人素质相对较弱；若是学校教育不当，这部分孩子很容易出问题。我们广东教育厅的一位官员就曾经说过一句话，他说："多办好一所中职学校，社会上就可能少一所少教所！"

我说，这话说得好，说到根子上了。

后来，不知不觉，我和欧阳焕文散步到了黄埔军校的门前。门前道路宽敞，梧桐遮天，人少车少，清净寂然。我们停下脚步，望着黄埔军校的大门，彼此默默无语，却又若有所思。

忽然，我想起孙中山先生当年为黄埔军校撰写的那副著名的门联："升官发财，请往他处；贪生怕死，莫入斯门。"想当年，孙中山先生高瞻远瞩，视"教育为神圣事业，人才为立国大本"，在广州亲手创办了两所大学：一所是国立广东大学，即今天的中山大学；另一所就是黄埔军校。两所学堂，一文一武，名扬四海，桃李满天下。

而今，同样在这长洲岛上，一所黄埔卫校又应运而生。

广东黄埔卫生学校“达标改造”工程规划图

尽管黄埔卫校与黄埔军校无法相提并论，但当年黄埔军校的治学精神，今天的黄埔卫校可以发扬；当年黄埔军校的教学理念，今天的黄埔卫校可以继承。虽然二者相隔近一个世纪，但冥冥中似乎又隐含着某种奥秘，存在着某种联系。因此，如果说当年的黄埔军校培养的军事人才推动了中国的历史，改变了中国的命运，那么而今的黄埔卫校以其崭新的教学理念和“德能教育”，培养了一批又一批优秀的医护人员，是不是也正悄然改变着中国的教育呢？

更何况，竭力推行“德能教育”的欧阳焕文校长和黄埔卫校的老师们脚踏实地，一腔赤诚，始终追逐着改变中国教育现状的梦想。那么，黄埔卫校倘若能继续就此发展下去，谁又能断定，今天的黄埔卫校，不会成为昨日的黄埔军校呢？

虽然，这是一个比喻，但我坚信：德能无量，一切皆有可能！

2015 年 5 月 4 日初稿

2016 年 11 月 12 日改定